阿波罗之杯

アポロのさかずき

[日]三岛由纪夫 著

陈德文 译

广西师范大学出版社
GUANGXI NORMAL UNIVERSITY PRESS

辽宁人民出版社

目录

航海日记

十二月二十五日

平时工作再加上办手续，很是劳累。轮船匆匆启航了。稍微有点感冒。在圣诞夜的宴席上，像孩子一样领了圣诞老人的礼物，高唱圣诞歌。就寝。（轮船的名字是“威尔逊总统”号，房间是一八二室。）

十二月二十六日

邻室的两位同胞晕船起不了床。我独自一人去吃早饭。今早有些风浪。

按照《一千零一夜》的笔法，船上生活只用一句话就能概括。

“接着，经过十四天的航海，到达巴格达。”

巴格达也好，或者我们要去的旧金山也好，都一样。船客的航海日记，几乎毫无意味。这里因为缺乏行为，所以没有记载的价值。

船客的生活是抽象的。一对上了年岁的夫妇在甲板上散步，他们手挽手，像卫兵一样规规矩矩地走来走去。我卧在甲板的躺椅上，看着这种动物性的单调的运动。至少四个月，我可以不用工作。这种无所事事的彻底的休息，正如光着身子躺在太阳下面，充满一种切切实实的羞耻感。

船客们抽象的生活，未必能成为纯粹的精神生活的保障，眼前这种单调的散步就是一个例证。不过，抽象的生活只能使精神生活和肉体生活几乎具有相同的意味。为了使精神生活活泼有趣，必须让肉体同更加具体的东西连在一起。但是，这里所谓具体的东西，比如大海这个自然的存在，尽管有肉体可以连接的地方，但除晕船之外就别无其他了。

另外，在写有“船客止步”的牌子背后，有人在紧张地工作，那里的生活是时时跃动的。他们的生活始终围绕着向人们指示大海这一自然奥秘的雷达和罗盘针。他们所过的生活，就是牵拉那些自从发明轮船之后就代代相传的缆绳，不停操纵那些机器的一种体力劳动。

在远离这种具体生活场景的彼方，在航海期间，“自然”又透过铁壁，投影于船客们抽象的生活，这就是晕船。

然而这一点，却被多少学界人士误解为只是简单的晕船。

“您能游过太平洋吗？”旅行指南上写着，“道理很明显，但您可以每天到本船设施齐全的游泳池游泳。”

我们餐桌的侍者是一位爽快、开朗的老人，他一边端菜，一边哼着小曲。“Corned beef two.[1]”……“Green tea.[2]”——

他有时忘记把红茶袋放入壶里，端来的只是白开水。“Choc cho cho I’m sorry[3]……”

1 两份腌牛排。

2 绿茶。

3 对不起，我忘了。

这位上了岁数的学舌的鹦鹉，大体都知道菜名，就连咸菜和梅干也难不倒他。

十二月二十七日

风浪比昨天更大。太阳昏暗，有时从云隙里显露出来，投下黯淡的光芒。海面上昨天今天一样黑。船尾和远方的水面浪花激扬，那一刹那宛如碎玻璃闪耀着碧玉般明丽的光彩。仅此而已。我把眼镜忘在船室里了，眼下，掠过外甲板窗际的水鸟，究竟是海鸥，还是波德莱尔自嘲诗里写到的“信天翁”呢？我一时无法判定。……船上不征税，我买了一副袖扣，啊，真是一次愚蠢的购物。

昨天和今天，我都买了木下杢太郎[1]先生在游记中骂作“劣质烟草”的“百乐门”抽着。这种“劣质烟草”可以治胃疼。

木下杢太郎先生的游记是K氏借给我的。文章很美，尤其写景很美。

---

1 日本明治末年南蛮文学的创始人，是日本近代知识分子“和魂洋才”的典型代表。

使我惊奇的是，作者那种“孤寂之旅”的心境，同我的心境相差很大。无独有偶，我突然想起蒙田在随笔集中《论悲哀》一章，开头几行写道：“这种悲哀的情绪和我相距甚远。”

“智慧的悲哀”是十九世纪流行在人们中的dandism[1]。为了摆脱这种“智慧的悲哀”，瓦莱里前往地中海般的晴朗，王尔德进入爽朗的哄笑，纪德奔向欲望……他们挣脱羁绊，继续前行。本世纪的文学家几乎都没有这样的 dandism。托马斯·曼主张，艺术家应当是市民式的，尽可能装扮成银行家。

波德莱尔将dandism 定义为“无动于衷”。“易感”和“过感”都是 dandism 的反面。长期以来，我为自己内心的感受性而苦恼。我多次试图医治这种感受性的疾病。这方面有两种办法：一是滥用无度，再就是尽量节约。我交替使用这两种方法。就像有些药物一样，乍看具有相反作用，一旦合起来并用，就会产生双倍的效果。

1　“风流”“时髦”之意。

易感者总带着卑屈。一个人，当他觉察到自己对别人有那种感觉，而别人对自己并没有那样的感觉时，许多易感就会获得一些治愈。孩提时代，我听到父母在别人面前若无其事谈论自己的丑事，就感到绝望。但是不久，当知道世人并不怎么在意时，也就安心了。

世人对我们亲人的去世毫无悲伤之情，至少不像我们一般哀痛。我们的哀痛不论如何剧烈，都超不出我们肉体的范围。

易感所具有的卑屈，在他人对待我们的感情里，成为一种乞讨般的卑屈。一味想象着别人也会和自己一样易感，于是想象就变成一种期待的卑屈。易感往往使人变得虚伪，而阴谋诡计往往是易感所策划的复仇。

我首先试图从自己的文章中驱逐易感的部分，剪除被易感腐蚀的章节。接着，再试图去除因个人生活的易感而增添的种种剩余物——犹如白色酱汁般的东西。我的理想之德是刚毅。其他之德于我则毫无价值。

午饭时分，餐桌倾斜，杯盘滑向一边，我从椅子上站起来，想按住离得远的一只杯子，椅子也滑动了，我也摇晃了一下，几乎倒在地上。

“您到哪儿去？”

侍者笑着问。

“旧金山。”我回答。

十二月二十八日

第一个晴天。海面平稳。船长以下都换了白色制服。

亭午，船位于北纬三十度二分，东经一百六十三度十三分。距离横滨一千二百六十英里。

我和坂庭君以及日侨二世木村君三人，在甲板上玩沙狐球游戏。坂庭君从田纳西州立专科学院毕业，再去哈佛大学留学。我们玩兴未尽，竟然错过了全体船客身带救生器具的避难演习。

日落之前，我一直坐在露天的椅子上。四围不见陆地的影子。

今天，我已经习惯于怠惰。我看到这样的我，很是厌恶。

太阳！太阳！完美的太阳！

我们有夜间工作的习惯，所以对太阳有着如饥似渴的欲望。我们有着终日沐浴阳光的自由，不受工作和来客的烦扰、整天待在阳光里的自由，让自己的影子一直守望在身旁的自由。这阳光朗照的甲板上的一天，使我的脸庞忽地晒黑了。

今日响晴，船行平稳，昨夜在甲板上待得很晚，当仰望桅杆顶端幽渺的灯火和头顶上猎户星座的时候，已经预感到了这样的天气。没有陆地的影子，也没有船影和云影，犹如装在巨大玻璃瓶内的海洋。这绮丽的大海，仿佛凌驾于即将看到的任何一个绮丽的神秘的国度。那时候，我们动辄想起最扫兴的事情。纪德在回忆王尔德的一页里写道："崇拜太阳，啊，也就是崇拜生活。"

今天，游泳池灌满了海水。外国人父子兴高采烈地游泳。我也稍稍游了一下。水很凉，只在水里待了一会儿。

我今天没有看日落。一整天流连太阳的容颜，再不愿见到那副经过化妆的衰老的面相。波特·里奇《过去的人》里那位易感的少年奥格斯坦，专对日落感兴趣，父母为此很担心。我也有过这样的少年时代，除了日落之外，我不承认太阳任何存在的理由。如今，我终于摆脱了这种顽固的易感而获得了自由。我全身沐浴在太阳底下，通体感受着获得自由的喜悦。

晚上，我出席了考克斯船长的招待宴会。

北美纪行

序曲

一位约莫六十光景的女人，身材瘦小，穿着浅黄色西服，戴着金丝眼镜，脖子上挂着夏威夷花环，从甲板的窗户里窥视着渐去渐远的檀香山的灯火。她的同乡老友要去夏威夷，他们在这里分别，而她要单独返回洛杉矶。

四十年前，这女人从仙台移居美国加州，如今，她在洛杉矶拥有一座中型旅馆，全家在当地很荣耀。这次是第四次回日本。第三次是二十八年前，碰到关东大地震，临开船时，行李全被烧光了。这回第四次回来，她一心想最后好好看看日本，改签了期限只有四十五日的护照，跑遍了各地，去了四国、九州，又到离故乡不远的平泉和雪里的松岛游览。这里是她最感亲切的风景名胜，她头一回看到白雪覆盖的松岛。

她在美国住了四十年，儿子和侄女都拿到了美国的公民权，她自己也很想加入美国籍。然而，入籍手续很不容易办理，往往成功了百分之九十九，又忽地失败，还得从头做起。没有公民权，就不能获得土地。她只好把自己的土地写在侄女名下，侄女住在远方的城市，哪怕填报一份纳税单，也要寄过去请她签名，十分麻烦。

太平洋战争爆发时，她是当天就被拘留的一个。和她一同关在监牢里的一共有九个女人，她们都为日本海军只停留在遥远的珍珠港、未能攻上美国大陆而深感遗憾。如果能亲眼看到在美国本土上作战，她们不惜一死。她们宁愿自己的身体被日本军队的炮火炸成粉末。她们精神昂扬，决心赴死，她们根本不在乎自己的监牢受到攻击，相信自己一定会被载入史册。她们商量好了，一旦陷入必死的困境，她们就一同投缳自尽。监牢里没有绳子，她们拆开袜子，用袜线搓成细绳。

现在，她有一台电视机。儿子独立了，离她而去，于是，她就喂养一只五岁的德国产小狗。这只狗很听话，她叫狗睡觉，狗就钻进小孩的鸭绒被里乖乖地睡。小狗五岁生日那天，女儿和媳妇都寄来了生日礼物，她抱着周身和服打扮的爱犬，拍了纪念照。

夏威夷

一月一日

檀香山，未开化和物质文明巧妙的融合。说“巧妙”也许不太适当。抑或这两者本来就不存在什么阻碍融合的本质。

在动物园前草地上放爆竹的土著少年，他们光着脚，穿着“aloha”花衬衫，互相追逐着跑到街道上来。这些脏兮兮的顽童，从四面八方奔着停车场的无数辆汽车而来，瞅着其中一辆光洁的新车，眼见着他们冲开车门挤了进去，从窗户探出头，大声高喊着什么，忽地把车开走了。事实上，这是他们自己的汽车。他们一般都有车，平均三人一辆。

水族馆里，身上布满花纹的鱼在游动，宛如五颜六色的足球选手，来来往往，你争我夺。又像赛马场上的骑手，并驾齐驱，争先恐后。海龟扑打着羽翼般的前肢在游弋，海蛇在岩石背后肆无忌惮地张开大口，露出锋利的牙齿。这些热带鱼的服装，也就是那些身穿夏威夷衬衫的人的服装。还有州花木槿、极乐鸟花、彩虹旃那、火鹤花、鸡蛋花、卓锦万代兰等花朵的颜色，全都是那些身穿“aloha”衬衫的人身上的颜色。一排排建筑上的风景，似乎完全用广告画的颜料绘制，稍微有些污染，立即刷漆，使之焕然一新。众多的汽车的颜色，天色，海色，还有售价五美分的、装在纸筒里的草莓冻的颜色，看起来就像人工制作的色彩，显然是将那种《生活》杂志和明净的彩色广告现实化了。借用王尔德的理论，夏威夷的风光使人不能不联想到商业美术的发达。

一般认为，在夏威夷，大凡不大容易理解的东西是不愿意被接受的。但是，海菲茨和梅纽因[1]都到这个岛上来过。东京接待梅纽因时像过节一般热闹，受到了第二代日侨们的嘲笑。他们怀着自豪的态度只是冷静地迎接一下罢了。

人在夏威夷，紧张的精神容易放松，但肺结核、胃肠病和精神病患者出奇的多。由于汽车发达，大家都担心会有腿脚退化、消化不良的倾向。二世侨民们的忠勇刚烈的表现，正是对这种退化危机的有力的反证。

檀香山随处都能品味到用心良苦的野趣。所有的旅游点都带有《被出卖的新娘》[2]般的野趣，可以说是“野趣的卖淫”。然而，檀香山还是有几分不同。这是热带伟大自然怠惰性的威力，是对文明所带来的便利生活捷足先登的自信。不具有此种抵抗手段的不幸的美国本土的妇女们，由于生活完全电气化带来的过多难以打发的闲暇，一天到晚关在俱乐部里打麻将。我在某杂志上看见她们面带忧郁的神情、一遍遍洗牌

---

1 海菲茨、梅纽因皆为美国小提琴家。

2 捷克作曲家斯美塔那（Bedrich Smetana，1824—1884）的三幕喜歌剧。

的照片。与此相反，夏威夷是幸福的，它具有逃脱便利的物质文明追逐的未来。那种未来有着不受任何侵犯的怠惰，唯有无所事事才是热带家庭的拿手好戏。这就是使得游客对檀香山着迷的野趣，也许这才是檀香山真正的健全的源泉。不过，对这块风土从不感厌倦的众多青年，依然为美国式的野心所驱使。

停留在檀香山的十个小时，印象最深的景色，既不是广阔的巴黎大街的远望，也不是闻名的威基基[1]的落照，而是我如今乘坐的巨轮所停泊的码头，亦即自远处城里的一角眺望到的风景。港湾上生长着椰子树，轮船的船舷在树荫里半隐半现，仿佛这轮船就要驶入那条以夏云为背景、汽车来来往往、银行大楼和建筑群鳞次栉比的大街。这幅画面越是平凡，越是具有无尽的诗意。看着看着，我想起不知在哪里一度遇到过的风景。我是须臾之间想起来的，那是轮船公司发行的小册子某页上印着的彩色照片。

1　夏威夷著名沙滩旅游区。

旧金山

一月六日至八日

轮船驶过费拉隆岛，冬日早晨笼罩着薄阴的海湾，徐徐出现了旧金山港的姿影。左面的山脉白雪覆盖，船的前方可以模模糊糊看到金门大桥。

写着 PILOT 白字的舢板划过来了。小船剧烈地摇晃着，检疫官从船上走下来。成群的海鸥掠过桅杆，追逐着“威尔逊”号的残肴，深深护卫这片港湾。我们从甲板的窗户里，清晰地窥见这些领航的水鸟的可爱面颜。那银白的纺锤形的躯体，鹅黄的小嘴，小巧的黑眼珠，看起来很是认真。海鸥有时像心不在焉的小学生一样，一边将身子和船体保持平行，一边对着我们的窗户倏忽瞥上一眼。

这里也有能吃到日本料理的旅馆，就像我所下榻的那家简陋的旅馆，是日本人经营的，将日本菜肴开列在招牌上。在这里，“日本”这个概念尤其显得可悲，简直逼使我们对祖国又增加一层残酷的记忆。颜色黯淡的生鱼片，言行粗暴的服务，小饭馆里的气氛，劣质的酱汤，以及只有在日本下等旅馆里才使用的单调的碗筷。

弯腰喝一口难以下咽的酱汤，我仿佛觉得自己像狗一般弓着身子喝下日本污浊的陋习。我在日本时，对于各种各样的陋习曾经试行过意气扬扬的反抗。可是一到旧金山（幸好，在这里国内的日本人看不见），我却遭到“陋习”这一事实的报复和惩处。

所有的民族，都会将他们民族的风习带入其居住地，有的地方可以谅解，有的地方使人觉得可笑。英国人是这样，美国人也是这样。于是，东京被接管的住宅区内的石灯笼，都涂上了白漆。尤其是美国人，他们相信用科学可以解决一切风土生活中的不卫生和不合理。英国人相信他们的傲岸，可以为各地风土建立许多尊铜像，而铜像倒能耐得一般的寒暑。日本人也不乏这样的例子。我们在南方和“满洲”干了和他们同样的事情，让当地人也去参拜建有牌坊的神社。

一国国民、一个民族的风习，有时通过统治者强迫推行，有时被统治者屈从而渐渐渗透。旧金山的酱汤，既非强迫，亦非渗透，只不过是一抹乡愁，一帧发黄的纪念照。这和中国菜肴渗透到外国城市不可同日而语。另一方面，我们没有像美国人在其他国家表现出来的那种善意，我们不习惯凭着一番热情（或者专门从营养出发），善意劝导所有的美国人都来喝酱汤，这自然是因为酱汤的味道毫无说服力，是令我们日本人自己都摇头的替罪羊。

不仅如此，旧金山使人几乎感觉不到风土民俗，感觉不到一个地方的自然和人类历史中那种永恒的感情交错。这种感情交错的缺失，是由于合众国这块土地不是被赠予，而是掠夺过来的缘故。合众国的自然，不是先天的，而是后天的。无论在何种意义上，这个国家的自然，对于居民来说，都没有同个人命运融合在一起。

日本人移居进来后，仅仅以日本人为销售对象的酱汤，从这种意义上说，有着双重的不和谐，双重的丑恶。就像缺乏善意的、消极的、染上小小污点的谎言一般，既能看到与移居地风土的调和，又同时具有一定的抗拒，就像一个找不到母亲的迷路的孩子。

这样的风习，犹如遥远的故国风土因自身缺乏精力而养育的畸形的弃婴。

旧金山一日周游，是冒着阵阵骤雨、行色匆匆的一天。雨下下停停，眼见着豆大的雨点敲打着汽车的前窗，又看到阒无人迹的广大的金门公园森林的一角，突然出现了阳光。

午后，我们登上马克·霍普金斯洲际酒店的楼顶，稍稍喝了点酒。这里可以将旧金山市一览无余。

远望旧金山港，右侧的海湾大桥，与位于海港出口的红色金门大桥相对峙。昨天，我们的客轮钻过金门桥，眼下凸显着蓝红两色的烟囱，正在休息。港湾中央是联邦监狱所在地的恶魔岛，右面是填海而成的宝岛。监狱所在的海岛一带，似乎在下雨。

对岸是里士满之地，中央可以清楚望见加州大学的白塔。这个时候的风景真是妙不可言。海湾中央雨云翻滚，远方艳阳当空。对岸整个市街，既是朗朗白昼，又像溶溶月夜。进一步说，这个城市的每一座房屋，就像只有获得太阳的照射才能发光的死去的星辰，一起散放出路灯所不及的灿烂的白光。可以说这是它们由于受到超出自身能力的光照之后，储满了无力的恍惚感。抑或我们沐浴在阳光之下，未曾觉察的自然、市街的表象、森林和白墙、海岸、石壁、宝塔、陡坡、教堂、住宅的窗户，这一切都自动浮现出来的缘故。由于晴雨同一时间的微妙交错，我们才得以窥探和天空完全一致的表情。

我不由想起谣曲《船弁庆》中“海上漂流见晴日”那番风光。后来，我们临下楼时，看到海湾对面一角天空升起一架淡淡的彩虹。

在旧金山看了电影《主啊，您去哪里？》和《曲终梦回》。前者是干燥无味的即兴表演，后者堪称无与伦比的佳作。尤其是后者插入的《朱丽叶塔的故事》，真是诗情洋溢。莱奥尼德·马赛因扮演的苍白的施勒米尔，使人联想到王尔德《渔夫和他的灵魂》里手执鞭子，出现在森林里的苍白的贵妇人。那奇特的忧郁的黑衣，宛若比亚兹莱绘画中的人物。

洛杉矶

一月八日至九日

亨廷顿美术馆正展出为世人所注目的英国美术和法国路易王朝工艺品以及英国古典文学书籍，这里公开的展品是亨利·E.亨廷顿先生一九〇八至一九二七年间所搜集到的。

在一间没有统一窗户的洛可可风格晦暗的屋子里，陈列着众多的路易十五时期的白粉盒，以及绘有十八世纪至十九世纪初英国华胄界肖像的徽章。

站在这间屋子里，令人浮想联翩。白粉盒做工十分精细，那些艺人的手创造了极其优雅而巧致的境界。一只只盒盖上描绘着：桅樯林立的海港光景，嬉笑着搭弓射箭、幼小的裸露着玫瑰红肤色的丘比特，美女三姐妹的肖像，古典戏剧剧场的风景，贵族男女在浓绿的庭院内玩耍的华托[1]风格的画面。这些场景被装饰着狩猎动物的工笔画、镶嵌宝石的色彩艳丽的

---

1 让·安托万·华托（Jean-Antoine Watteau，1684—1721），法国十八世纪洛可可时期最重要的画家之一。

景泰蓝或镂金的边缘所兜揽在内。白粉盒一律封闭于索然无趣的玻璃橱内，别说打开盖子，就连抚摸一下也不可能。

然而，只要看到景泰蓝鲜艳的浓绿，以及庭园嬉戏图莹润的夕暮天空的晚霞，你就会联想到这些小盒子中，例如，金色的小小合页内侧，或许残存着那个时代白粉的一根刷毛般的馨香。隔着玻璃飘逸而出的香气，虽然达不到我们的鼻端，但可以想象昔日佳人的芳馨，至今依旧飘荡在小盒子的周围。那个人儿过了亭午时分才慵懒地醒来，为着近来相同的无为的装扮，面对窗外阳光映着鸟笼影子的镜台，当窗而坐，打开白粉盒。或许这些过于纤巧的白粉盒，更适合于这位预感到高龄的贵妇人午后的化妆。说不定贵妇人在悲叹这种小盒子装的白粉太少，深感为了盛下日日耗费的大量白粉，只有硕大的紫檀木粉盒才行吧。是的，这些洛可可趣味的木质白粉盒，却诱使我产生不祥的幻想，那形状使我联想到小小的棺材。

还是将我们的眼睛转移到徽章上吧，里面的人物终生保留着最年轻、最美丽的绘画般的影像。

正如爱伦·坡罗马风格的《椭圆形画像》[1]。坡的这一短篇小说奇妙的艺术效果，就在于作品本身小巧而完整，以开头的风景描绘作为人物晦暗的背景，其作品本身形成一个“椭圆形的肖像画”。这个故事就是这样发挥着双重效果的。

徽章个个都有着黄金的或景泰蓝的，还有宝石的镶边。这种彩色至今保有鲜艳的光泽。诚然，从严格意义上讲，这些东西算不上艺术，只是富贵和权势强使工匠加工的“人工的”美。不过，我以为，比起那些粗制滥造的蹩脚的艺术品，这些媚态表现的美，或许至今依然具有一定的价值。

尽管如此，这些制作出来的大英帝国“光辉的藤壶[2]”般的丽人，个个都带有泼辣的性格，许多人典雅的额头下闪耀着俏皮的眼睛。可以说，她们唯一的共同点，就是面颊隐含着自豪的表情。这是因为，

1 《椭圆形画像》采用的是嵌入式的叙事结构。外框故事和内核故事分别采用第一人称主角叙述视角和第三人称局部性叙述视角。

2 藤壶是《源氏物语》中主人公光源氏理想的女性。

她们每个人都相信自己是这个世上至高无上的美女。她们，或者说保有这些徽章的那些情侣，也许没有任何梦想吧。跨越半个世纪的这些肖像画，一世纪之后，就将被陈列在新世界一隅闲雅的美术馆室内小小玻璃橱的架子上，在那里汇聚一堂！

我在陈列架周围流连忘返，追思这些青年情侣人人胸中焦灼的恋爱的足履，蓦然回到一个坏心眼儿的评论家的立场上，试探着对这场竞艳会加以品骘，心中感到无比兴奋。是的，品骘并不困难。只要用眼睛一瞟，就很容易找出最优秀的美女和俊男（青年的肖像有十帧）。而且可以推测，在展品简介收入的为数很少的照片中，一定有这两个人。

这两人的名字很难想起。我如今在飞机上，说明书放在托运行李中了。总之，这两人最漂亮，最年轻，最高雅。

说不定我想不起他们的名字反倒好。为什么呢？因为我只顾想象着两人的相爱，查查年代，不对头了，他们或许根本不可能在同样的青春美貌的时代相逢。

而且，即使我的梦想是真实的，一想到梦想的结果就感到可怖。两人生的孩子……啊，想到那超出双亲的美丽，多么可怕。然而，美，从本质上来说又是不毛之地，即使两人结婚，他们也可能终生没有子孙。

在从洛杉矶飞往纽约的美航飞机上

*

看到了许多从大英美术馆租借的透纳[1]的展品。透纳使我震动。水彩写生尤其好。意大利剧场印象，奥赛罗的一幅素描特别出色。

看了威廉·布莱克[2]的《纯真之歌》初版本，于

1　威廉·透纳（Joseph Mallord Willam Turner，1775—1851），英国画家。善于描绘光与空气的微妙关系，将风景画提升到与历史画、肖像画同等的地位。代表作有《海上渔夫》《遇难船》和《诺勒姆城堡日出》等。

2　威廉·布莱克（William Blake，1757—1827），英国前期浪漫主义诗人、水彩画家、版画家。时常根据自作诗歌的内容制作版画，重要诗作有《诗的素描》《纯真之歌》《经验之歌》等。

自刻的木版上施以水彩，极为美丽。看到这幅画，可以说是我洛杉矶之行的最大幸事。

纽约

一月十日至二十日

每到一地，就按照当地的习俗度过，既是我此次旅行的计划，也是野心。自未到这块土地之前，作为旅人，心里就在盘算如何尽快实现顺应和转变。洛杉矶之所以惹我生气，是因为它正出自一种相反的理由。

在纽约，虽然我未曾意识到，但确实过上了地道的纽约式的日子，亦即毫无宁日的生活。

居于东京的美国朋友帕辛先生的介绍信起了很大作用。克鲁伽女士所属的一个团体前来机场迎接，并在之后的纽约逗留期间，给了我种种照顾。

这是个反共的社会主义者占多数的团体。在合众国，国际笔会的力量很微弱，帕辛先生把我介绍给了较之笔会拥有更多艺术家的这个团体。先生看来为我大肆吹嘘了一番，所以我在那里受到整个团体的欢迎，饱享了友谊和礼貌。尤其是克鲁伽女士，对我真是亲如家人。

克鲁伽女士是社会主义者。三十七八岁光景，看起来是个俊敏的女子。她和丈夫、孩子三人，住在一座公寓内。她生在纽约，说话快速，干净利落；但感情脆弱，每当激动起来，又突然回到一般女子。在日本，这种类型的女子绝非少数。她每天去那个团体——American Committee for Cultural Freedom——的办公室上班，一天要打几十次电话。回到家还得忙于做饭，一切家务都由她一手担当。好容易忙完家务上床就寝时，早睡的孩子半夜爬起来，吵着要和她做游戏。第二天，是有鸡尾酒会的日子，她一狠心到时髦商店买了一双软面羊皮鞋。那天整个夜晚，她忘记了社会主义，陶醉于购买皮鞋的幸福之中。她时常回想起婚后二十多年的岁月，自己白白为丈夫和孩子做出了牺牲而伤感不已，尤其是在怀疑丈夫另有

blonde[1] 的时候。

她的头发接近金色，但并不泛红，她总是羡慕那些茶褐色头发的女子。

她陪我生来第一次登上帝国大厦的楼顶。这同我每月都在泉月寺附近开会，但从未踏进泉月寺庙门一样。她还陪我到广播音乐厅，使得我对这里剧场的规模大吃一惊。听说地下妇女化妆室十分豪华，很想叫她领我去看看，但一向顺从的她竟然没有答应。因而在临出门时，她大声问那里的向导，剧场能容纳多少人，那位向导回答说“七千人”。

“嗬，七千人！”

她带头最先表示惊讶。附近两位年轻的绅士，听到她的话立即瞪起双眼。

克鲁伽女士不住向我打听有关艺妓的情况，而且她还多次开玩笑地谈起喜欢艺妓的日本绅士和美国绅士。我也提到了酒馆女招待，对乱收小费发了一通牢骚。她问我有几成归女招待，我回答说不太清楚，

1 英语：金发女郎。

大概能拿七成吧。她连连说，七成很好，七成很好，感到非常满意。

克鲁伽女士喜欢穿素色的衣服，不喜欢花哨的颜色。她衣着时髦，恰到好处。她喜欢黑色衣服，说黑色同头发的颜色很相配。我向她谈起格林尼治村人的波希米亚的生活，她一边咋舌头，一边说："我不是波希米亚派。"

她多次开玩笑地说，作为我的同伴自己的年龄太大了。有一次，我就她的年龄开玩笑开过了头，她大声笑起来了，接着就哭了。第二天，她对我说：

"昨天那件事，我原谅了你。要是我果真成了老太婆，你也不会开那样的玩笑了。"

"可不是吗，因为你很年轻，我才那么毫无顾忌说的。""好了，我原谅你。"

她试图劝我成为社会主义者。

美国的社会主义者人数极少。一部分曾经是共产主义的人，如今又转向社会主义，这一点同日本很相像。美国的社会主义其成就不像在英国，没有一项实现国有化的产业。他们尚未理智地脱离某种倾向。

她想劝我成为社会主义者的企图同样未能奏效。她送我走那天，在机场休息室又重新提到这段公案，为此我差点儿误了登机。

我跑上舷梯，机舱的门已经关闭，我敲开之后才勉强乘上飞机。

*

所到之处总是有人问起我对麦克阿瑟的看法。我未曾开口之前，人们的表情都期待我做出否定的回答。看来，美国的知识阶层都非常厌恶他。开始我只当是社会主义者这样想，但在佛罗里达我所会见的富裕阶层的男女，都异口同声一致说他不好。这证明他的超人主义在美国是没有市场的。

*

到达纽约那个晚上，我在大都会歌剧院观看了歌剧《莎乐美》和《贾尼·斯基基》(普契尼作曲)。

纽约逗留期间，还看了音乐剧《请叫我夫人》和《南太平洋》，看了《蓝月亮》，看了电影《罗生门》和《欲望号街车》。在知识阶层内，人们对《罗生门》评价很高。

理查德·施特劳斯的《莎乐美》是我所眷恋的歌剧。扮演主角的女高音歌唱家是乐天派，她体格肥胖，不太适合扮演这个性格奇特的角色。然而，看了演出，使我大获满足。我想到欧洲其他都市观看同一作曲家创作的《厄勒克特拉》。

那天晚上是慈善演出，观众大都身着礼服。歌剧院内部，仿照欧洲歌剧院，装饰着金光闪闪的佛坛，廊下和厕所像日本的电影院一样古旧而脏污。长裙拖曳的贵妇人在走廊里来来往往。幕间，十多个穿戴时髦的年轻女郎并排站在台阶上，报社社交栏的摄影记者为她们摄影留念。有人摘下眼镜望着她们，也有人用观看歌剧的望远镜，从走廊上远远地品评着她们的丽姿。

《莎乐美》的舞台装置不出歌剧的常套，丝毫不见施特劳斯秉承王尔德原意的那种世纪末的氛围。上首的平台上有一口井，下首是壁垒环绕中的阶梯的平台出口，形成了立体组合。剧的后半部，群众列坐于阶梯之上，这是为了和上首平台上的莎乐美一人独自演出相互映衬。开幕时，我们于浮动的云隙里望见隐约的月亮，这是歌剧舞台所必需的。天花板高旷，天空广阔的部分，对于这出戏是极为重要的因素。几名士兵来回踱步，下首的阶梯下段，坐着纳拉博和依恋着他的侍童。叙利亚士兵和纳拉博的衣着都是罗马式的军装。唯有侍童是叙利亚式的短衣。

施特劳斯的音乐是富于神经质无礼貌的音乐。这一幕音乐执拗地重复着可怖的夸张的气息，到了约翰被斩首之后展开那段凶暴的抒情时达于极点。他是二十世纪的瓦格纳，是激怒尼采的瓦格纳蝎子般的嫡系，是纯然的颓废派之徒。我以前就很喜欢他的交响诗《唐璜》，曾幻想着施特劳斯能为托马斯·曼的《死于威尼斯》作曲。

我想谈谈剧中那些特别留在记忆中的部分，以便供打算在日本上演此剧的人士参考。首先，合唱队秩序井然，全身心投入剧中。其次，主要人物的演技皆能与音乐合拍，有的部分接近歌舞伎，极尽夸张之能事。

希律王上场时，出席宴会的群众登台，占据了整个阶梯上下。其后，随着剧情的进展，群众的反应，虽不出常识范围，但配合默契，天衣无缝。躺在希罗底脚边的两个侍童，不住地胁肩谄笑，使得两个侍童从姿态上间接表现出王妃希罗底淫荡的生活。约翰的头颅从井中打捞上来的时候，众人尽皆失色倒地。本来凝神伫立的群众累累倒伏的瞬间，非常富于戏剧化。就连希律王也背过脸去。王妃希罗底独自含笑，手摇孔雀翎扇子。她的表演也极富戏剧性效果。

七出面纱舞，由于莎乐美演员体形一副乐天派的肥胖，演出颇显无趣。莎乐美的头发似乎是红毛短发，也很叫人扫兴。按照日本人想法，这里的莎乐美必须是乱发飞舞。

*

关于音乐剧，我在日本也听到过各种评论，说起来，其实就是“大众化的歌剧”。和轻歌剧所不同的，是可以上演像《南太平洋》[1]那样严肃的主题。

《南太平洋》的音乐，一派叫好。其中，《美丽的巴厘岛》尤其好听。然而，我所看到的，已经不再是原班人马，扮演主角的演员缺乏魅力。而且，故事情节很不过瘾，虽说描写战争，但出场人物显得低俗而土气。

《请叫我夫人》，音乐也不怎么出色。但扮演主角的艾塞尔·玛曼实在是个具有鲜明个性的主儿，同日本的笠置静子[2]很相近，但笠置不适合演这个角色。合众国仅有的一位女公使被派往卢森堡，此曲专为她而作，故事也在卢森堡、合众国的华盛顿之间来往反复。政治讽刺的手法运用得十分巧妙，艾奇逊、丘吉尔，最后一幕再加上个扮演得惟妙惟肖的杜鲁门，都一个个粉墨登场。夜宴会场里，女公使接到杜鲁门电话，像对待老朋友亲密地问候他“你好，哈罗。”，

---

1 根据詹姆斯·米切纳（James Michener，1907—1997）获得普利策奖的小说《南太平洋的故事》创作的音乐剧。

2 笠置静子（1914—1985），日本香川县人，歌手，女演员。

惹得观众大笑起来。这位公使天不怕地不怕，行为放荡，讲起话来枯燥无味，就像背书，全然不守规矩，不像个外交官。有时又同年老的男人坠入爱河，实在是不晓人事。听说艾塞尔·玛曼还扮演过《阿尼啊，拿起枪》中的主角。

关于舞台装置，此剧目和《南太平洋》很难说是出色的，有的不及日本大型剧场的豪华。服装也很有限，只是演了这么多场次，就连配角的服饰看起来也是新做的，无疑是一笔巨大的开销。我想在这里特别强调的是，整个演出都没有使用扩音器。但像日本那样，一天演上两场，为了保护嗓子，恐怕扩音器是少不了的。

*

《蓝月亮》是轻喜剧，和曾在日本演出的《说长道短》属同一系列，可谓美国风格的通俗戏剧。

序幕布景为帝国大厦的瞭望台，最后一幕二人也是在这里相会，团圆。中间三场是在青年的公寓，发生了日常性的口角。精美的对话组合为一出情绪性戏剧，出场人物是青年、姑娘以及青年女友的父亲和姑娘的父亲四人。姑娘的父亲是配角，所以主要人物就是三个人。轻松的对话成为本剧的主要构成因素。

由序幕转换为下一场公寓布景，速度之快令人惊讶。其后有人陪我到后台一转，里头没有什么稀奇的东西，将展望台和背景撤出，将后台的用具推出来就可以了。公寓布景的道具使用茶褐色和绿色，富于情趣，制作精巧。导演告诉我："都是高度形式化的装置。"不过，对于我来说，并不觉得多么形式化，因为我在日本看惯了那些为了节约极端形式化的东西。

主角的扮相很容易使人联想起莫尔纳尔《好心眼的仙女》的主角。至于她好在哪里，坏在何处，纯情与否，则不得而知。但乍一看，却是个十分可爱的姑娘。她喋喋不休，不断给人出难题，弄得人困窘不堪。扮演这一角色的女演员很优秀，不过在后台闲聊中，我感到她那样子有点不知天高地厚。

*

参观“现代艺术美术馆”，美术评论家斯威尼先生陪我前往。我期望在这里能看到令我心动的合众国画家的作品。果然有的画作很使我感动。不过只有两三幅水彩画家德穆思[1]的作品。

这家美术馆每周都放映古董电影。这周放映的是瓦伦蒂诺的《启示录四骑士》，我没有看。

这里有毕加索的《格尔尼卡》，白、黑、灰色以及鼠绿，是我记忆中的格尔尼卡的颜色。色彩如此淡白，画面却给人以古典而沉静的印象。感觉不到任何直接的血腥味儿。绘画的题材自然是阿鼻叫唤的本意，但捕捉的苦闷的瞬间甚为静肃。希腊雕塑《尼俄伯》，被神箭射入后背，而表情沉静，蓄聚着湖水般的苦闷，使得观众大为感动。毕加索不是在追求同样的效果吗？

1 查尔斯·德穆思（Charles Demuth，1883—1935），美国画家。他运用立体主义和未来主义的元素创立了被称作“精确主义”的绘画风格。

《格尔尼卡》的静寂不同于此。在这里，表情本身突露，因痛苦而极度扭曲。此种痛苦的总和，产生一种静寂。《格尔尼卡》与其说是痛苦的诗，毋宁说是痛苦达到不可能领域而产生如此画面的诗。超出一定量以上的痛苦，是不可能表现的，不论表情如何最大限度地扭曲，不论如何阿鼻叫唤，如何诉说，如何流泪，如何狂笑，都不足以改变痛苦。人的能力尽管有限，但唯有苦痛的能力却是不知限度的……这种苦痛的不可能领域，亦即扩展到作为感觉和感情表现的那种痛苦的不可能领域，此种苦痛的静寂就是《格尔尼卡》的静寂。画面所有种类的痛苦，皆试图朝向这一领域最大限度地表现出来，四处伸展着痛苦的魔爪。然而，还没有一个达到痛苦的高度，每人的痛苦都失败了，至少预感到失败。毕加索悉数抓住此种失败的瞬间，集大成之，似乎达到了那种静寂。

德穆思的水彩画正如上面所说，只有两三幅。德穆思五十岁就死了，他是本世纪前半的画家。我在这里看了自行车赛跑的画和阶梯的构图之后，还看了大都会美术馆大写着“5”的商店橱窗的构图，都给我不祥之感，尤其是他所爱用的红色和橙黄色，加深了我的这一感觉。

那幅最小的自行车赛跑图最使我满意。选手毛衣的颜色异常鲜艳而明快，但这也给人不祥之感。

*

黑人部落酒场——夜半零时至三时。

白人不过两三人，但酒场已无立锥之地。周围挤满客人的圆形柜台内侧，站立着一位漆黑的巨人。他是店主。他不住地同客人打情骂俏开着玩笑，又不时露出一口白牙向顾客撒娇。他的表现令人想到，柜台假若没有护栏，这头漆黑的狮子会跑出来咬人。

我和白人朋友、哥伦比亚大学的 B 君同往。他对这里很熟，经他介绍，我和一位刚从巴黎回国的黑人老演员聊了一阵。老演员招待我们喝酒，看到我们两人遭到黑人妓女的戏弄，愉快地笑了。

黑人妓女插在我们之间，摸摸 B 君的头，又摸摸我的脖子。这个未成年的少女挂满了假的宝石，穿着带有毛皮领子的外套，拎着一只镶有大金卡子的手提包。

我们还在这里看到了黑人无所顾忌的同性恋爱。

突然，一阵抒情的歌声冲破喧嚷，传进我们的耳朵。黑人男女侍者，一同和着钢琴，唱起了古老的恋歌。

顾客喧闹不息，店主高声制止。他的声音很大，喧闹也加大一倍。为此，反而增加了抒情歌曲的哀切之感。我们待在那里的两个多小时，听到了四五首回忆般的恋歌。男女的音色都很美。

一个丑陋的白人中年女子，和着歌声时不时哼哼唧唧。她喝得烂醉如泥，浑身沾满酒水，一头脏污的金发好多处湿漉漉的。

黑人区的酒吧就是如此有意思，但要在这里追求情趣，那就错了。这里有的不是恶行的情趣，而是恶行健康的精髓。统治着低级趣味的人们的倒是一种常识。我们在这里只能遇到极其常识性的杀人。

黑人已经失去黑人的气味。这里没有船上三等舱那种气味。

有的黑人很有情趣。银座那些公子哥儿，有时倒显得很恶俗。

这里的酒吧，娼妓、人贩子、水手、绅士、演员、运动员、学生、男妾和通缉犯等，都可以来这里痛饮一番。人们站立着，身子挨着身子挤在一起喝酒。黑人们的表情，仿佛是在自己家里，轻松愉快。他们感到自己具有某种光辉的精髓，并因此而满足，那就是自己黑色的皮肤所投影于白人心目中的奇妙的感触，那种丑陋、罪恶、悖德和无知的印象的精髓。他们曾经认为这精髓来自太阳。

*

纽约印象——

说不出什么印象。一句话，像五百年后的东京。有几处同现在的东京很相似。生活在这里的画坛人物，也是一天到晚向往巴黎。

佛罗里达

一月二十一日至二十四日

我和弗雷施曼先生相约在迈阿密机场见面，一同去他位于佛罗里达州那不勒斯的别墅。在长达一百二十英里的公路两旁，饱览了各种鸟类的生态，赏心悦目。

沿着道路有河，有丛林。因为是禁猎区，栖息着白鹭、苍鹭和野鸭，有时还能见到群居的鹤群。鸥鹭展翅低低飞翔的姿影实在太美了。

印第安人的村落。我们在这里停车，花二十五美分参观。房屋颇似日本农家，只是没有墙壁、地板和榻榻米，只剩下屋顶。一个毫无表情的印第安青年，在自家门前出售可口可乐。雨季，这一带雨水充足，他们驾驶安装着飞机废旧引擎的危险的小船，来来往往。

*

佛罗里达那不勒斯海面的王鱼渔场——

——朱利亚斯·弗雷施曼先生是弗雷施曼威士忌公司经理。他爱好艺术，为百老汇的剧场出资，为地方议会和出版事业出资。他在那不勒斯保有别墅和植物园，还有一艘可以乘坐十人的豪华游艇。我们乘坐游艇到海里钓鱼。那天早晨，弗雷施曼先生没有约请其他客人，我和他还有老船长以及年轻助手，一共四人。

那不勒斯海岸，港湾众多。海滩曲折，小型岛渚随处可见。海湾两岸，几乎同样是连绵的小岛，红树灌木林覆盖了所有的陆地。

美丽的红树林绿在柔美，那片丛林绝不混杂别的植物。它是单调而充满秘密的音乐般的丛林。那是因为，随着小船从它旁边划过，从墙缝里可以窥见点缀着斑驳日影的无人之境。总使人觉得，那里没有栖息任何人与生物，而是栖息着不带任何意义的音乐。水畔的部分，可以看到那些红树林静静低垂于水中的众多枝条。

小洲上还可以看到两三株孤独的红树。附近有人采牡蛎。再向前行，水域变窄，面海的开阔部分曲折起来，使人感到是沿着红树林中充满倦怠的河水溯流而上。我想起爱伦·坡笔下的庭园和田园。

我忘记写海湾的水色了。那是混浊的泥色，同丛林柔美的绿色形成奇妙的对照。

游艇开足马力，拖曳着宽大的尾波。

不久，海湾消失了，我们的船离开几乎没有什么弯度的海岸线，径直驶向海面。

进入远海，这里像海港一样杂沓。我们的船最大，其他还分散着大大小小的游艇。这一带就是王鱼渔场。

船尾有两把椅子。我和弗雷施曼先生分别坐在上面。每人在船尾一侧垂着钓丝。船以同一速度前进，约莫等了二十分钟，我的钓丝抽动起来。年轻的船员对着操舵室大喊："鱼上钩了！"船长应声减速。我不停倒弄着操纵钓丝的手。

我没有钓鱼的经验，但可以想象，这一瞬间确实尝到了垂钓的快乐。即将到手的猎物，有着九分的把握，也还是有一分逃脱的危惧，手中感受着鱼的大小，或者想象着那不是鱼，或许是某种低级猎物的危惧……这样的快乐，大致网罗了人们发明的快乐的法则。细想想，“快乐”这玩意，使得欲望更加纯粹地昂扬，净化欲望的实质，必须使之与对象的关系保持最低限度。未经纯化的欲望为对象所局限，任何对象都无法使那种欲望获得满足，因而欲望变得真挚而远离快乐。快乐的对象，在到手之前充分使欲望昂扬，到手之后，为了不至于因得到而绝望，必须保持尽量不回想以前欲望的那些琐细的客观价值。这种价值，从主观上必须是伸缩自由的。虚无或理想，因为只具备主观的价值，作为快乐的对象或许是最合适的。

海里牵拉钓丝的，实际上在这瞬间还不是鱼。垂钓的要点就在这里。引鱼上钩期间，我们暂时是同非鱼之物格斗，只有在归于我们获得的瞬间里它才会变成鱼。就是说，即便有价值，也是琐细的客观的价值，同我们所付出的费用及劳力不可相比。

……眼下，牵拉我的钓丝的还不是鱼。那只不过是强大的观念的力量装扮成物理的力量。倒弄双手需要相当的腕力，但要从脑海里钓出一个明确的观念，精神上必须始终储备多少精力！鱼的姿影徐徐露出水面，银色的脊背仿佛随着小船奔驰。最后一个小小的回合……吊在半空里的鳞的反射，跳动着射入我的眼睛。在船员们的帮助下，一米多长的最初的猎物，被装进船尾嵌镶白铁皮的橱柜里。

王鱼是一种酷似青鱼的凶猛的银灰色大鱼，背鳍尖利似锯齿，肌肉看样子很坚挺。银箔般的薄皮，使得这种鱼看起来近乎裸体鱼。橱柜里泼剌的音响，听上去就像铁锤击打白铁皮箱柜，咚然有声。头盖骨撞碎了，颚骨裂开了，它口里流着血，还不相信自己会死。它很痛苦，应该有人告诉它，这种痛苦不适合为鱼所拥有……

当晚在鸡尾酒会上，好心的弗雷施曼先生向大家大大夸赞了我的功勋。我生来第一次出钓，猎获五条王鱼、一条魴鱼。

席上有位夫人亲口教我一句宝贵的英语：beginner’s luck[1]。

1 意思是出手不凡，开门红。

圣胡安

一月二十五日

飞机于午后四时由迈阿密起飞，九时抵达波多黎各首府圣胡安。这里是现在美国领土内唯一存留哥伦布足迹的地方。其后，庞塞·德莱昂[1]致力于殖民地开拓，城内至今仍可见到西班牙殖民地时代的建筑与现代美国式建筑的混合物，堪称一大奇观。

鉴于翌日早晨才能前往里约热内卢，承蒙一位飞机上结识的美国人的介绍，我住进了称作皇家饭店的廉价旅馆。这家旅馆位于街道正中，离机场两英里。

我被领进房间，看到有一张双人床，罩着雪白的四角蚊帐，这个令人扫兴的隔离病房式的房间，使我不安。我想洗澡，脱光衣服，拧开浴槽中的热水龙头，涌出的水等了很久也不变热。只得放弃泡澡，改作淋浴。在美国本土，再便宜的旅馆也不会像这样。

---

1 胡安·庞塞·德莱昂（Juan Ponce de Leon，1460—1521），西班牙征服者、探险家。

听说纽约最便宜的公寓因为没有热水，被戏称为冷水公寓。就连格林尼治村那天花板倾斜、门框歪成菱形的住宅，也不会没有热水。

我又穿起衣服，到街上散步。还不到十一点，大街上已经阒无人声，大部分商店都关门了。这是个极早进入黑夜的城市。街角站着人，从旁走过，那人便用波多黎各人特有的暗淡而犀利的目光扫视着我。另一个角落聚集着几名波多黎各青年，他们在谈笑，虽然未脱稚气，但都一律留着小胡子。他们或许在乘凉。我走到小公园前边，先前被雨水淋湿的椅子没有人影。

经过电影院前，那里也已紧闭门扉。招牌上的霓虹广告也已熄灭，泛着白光。

……MUSICA……

……AMOR……

……APASIONADO[1]……

我突然想起明日要去南美，心里一阵激动。这

1　西班牙语：音乐之恋。

次离开日本踏上旅途，可以说第一次这般兴奋。

只有一家污秽的咖啡馆还在营业。我没有喝负有盛名的朗姆酒，而是仿照当地人，要了威使69调配苏格兰威士忌喝了。脚底下满是纸屑。人们高声谈笑。那种嘈杂的程度，同纽约哈莱姆酒吧相比，一点儿也不逊色。我身边的中年波多黎各人，不住大声地自言自语。仔细一听，令人不由联想起是在“嚼舌头”，用这个词形容也许最合适。仿佛使用叠句，反反复复，多次夹杂着“波多黎各”的字眼。我能理解的，仅限于这个词。因此，我不知道他是在说波多黎各的坏话，还是赞扬它。但是，从那些常客和店主微笑的表情上看，他不像那些日本右翼的醉客，每过两三分钟，就要“日本”“日本”叨咕得没完没了。我看到女招待一头黑发，一身琥珀色的肌肤，圆圆的大眼睛。她一边做事，一边吃喝，不时露出调皮的表情，看起来漂亮极了。

回到旅馆，打开法式窗户，发现房子不设阳台，只有阿拉伯式样的古老铁栏杆。再看已经沉入梦乡的家家户户的窗户，都有西班牙式的阳台。楼房古旧。

二楼的一座阳台，正巧映照着路灯，栏杆的影子在墙壁上描绘出美丽的花纹。

这里离海很近。以为是海潮的声音，却原来是骤雨。对面银行的钟楼上蓝色的霓虹灯朦胧地显示着 BANCO POPULAR[1]。其中，BANCO 的 N 和 O 不亮了。

雨点砸在栏杆上，毫不留情地将雨沫飘向屋内来。这是暖雨。银行的钟楼此时缓缓敲了十二响。

*

黎明，我离开圣胡安。雨还在下着。飞机飞行于云彩上面。我第一次看到冲开云隙高高升起的太阳。

于机上

---

1 指西班牙大众银行。

南美纪行

巴西

里约热内卢——转化——幼年时代的再现

一月二十七日至二月四日

深夜，“星座”客机进入里约上空。一月二十七日凌晨一时过后。

眼下展现一派里约的灯海。面包山 (Sugarloaf) 山峰周围的海岸线灯火辉煌，看上去宛若置于黑色大理石桌面上的项链。我深知这样的形容很凡庸，但某种瞬间薄弱而纯粹的美的印象，只能委身于凡庸的形容。美，为了不暴露自己的隐秘，只好努力与凡庸亲近。其结果，我们只能将真正的美看作凡庸，又把真正的凡庸当成美。

然而，里约最初的夜景，使我感动。我呼唤里约的名字。开始降落了，飞机倾斜着羽翼，我心想，要是坠落在里约的灯火之中，那该多好。我为何如此向往里约？我自己也搞不清楚。这其中必有奥妙。地球的那一面，有个东西一直牵拉着我的心。

第二天早晨起得很晚，我吃了新鲜的橘子和又肥又短的香蕉，确实美味。接着，我不请向导，一个人独自到街上散步。

星期天，除了剧场和饮食店，好多商店都关门休息。人们成群结队聚集在电影院前。我从广场前向右转弯，走向行人稀少的街衢。突然遇到一道斜坡，山丘中腹是重重叠叠的古老的住宅。街道上除了合欢树的影子之外，遍布着夏日的阳光，静悄悄的，不见一个人影。

心理学家们经常饶有兴趣地分析某种心理现象，而我在这里正好遇见了这种心理现象，它像梦中的记忆侵袭着我。

门扉尽皆关闭着，看样子全家都外出了。耸立于高台上的房子，阳台上的挡雨窗也都关得严严实实。没有一丝风，古老围墙上的茑萝镂金般凝然不动。

我想起来了，那座突然出现于梦中的都会，那座没人居住的奇怪的死城般极其错杂、美丽、静寂的都会，我曾在夏季痛苦的夜梦中经常梦见过它。都会像塔一般重叠耸立，背景鲜丽的夏日天空的颜色和云彩的颜色一样。我怀疑我现在正一边睡觉一边梦见了它。

此时，一股痛切的悲哀之念袭击着我，这种悲哀酷似梦中的悲哀，它是难于说明的痛切而纯粹的悲哀。这种现实的瞬间的印象，与归国后梦中的印象属于等质的东西，为什么呢，因为记忆一切都是等质的，梦中的记忆也只能同现实的记忆等质，在这记忆的瞬间里，我的观念或许又数度访问里约，存在于里约。我的肉体是不可能同时占据地上两点的，正如死者已经停驻于我心中一样，里约只是停驻于我心中罢了。现实中即使再次访问里约，这最初的瞬间，也不会再度复苏。在这一点上，时间就是我存在的一切，而空间只是我的观念的虚构的实质。而且，地上的秩序只不过是空间的秩序……我于瞬间里杂乱地考虑着这些东西，脑子里浮想联翩，我想起庄周梦蝶的故事，想起谣曲《邯郸》的主题。

庄子的比喻，说明了转化的可能。事实上，我们在某一瞬间将成为蝴蝶。我们将变成各种东西。轮回时时刻刻在进行。有大的长久的轮回，也有小的刹那的轮回。我们一个人的意识，使得我们避免一切转化的危险。大小两种轮回，犹如镜中相互映照的影像。我们本人的意识，保护我们摆脱所有转化的危险，使得我们想到封闭于空间中的肉体的存在。否则，我们将无法再度还原为人，瞬间将化为蝴蝶……我回到了肉体的人，因为我看到拐过街角走来的葡萄牙人一家子——三十四五岁的母亲，三个可爱的女儿，一个牵着小女儿手的黑人保姆——是她们热烈的谈话，重新唤回了我的意识。

我坐在广场外缘面临圆形水池的石凳上，在那里待了两个小时。旁边石凳上的女人和她邻近石凳上的中年男子，过了两小时依然不见离去的样子。

里约是一座奇妙的完善的都会。优美的绿荫，精心修剪的庭树，白日里沉默，只在周日夜晚才灯火通明、飞沫四溅的喷水池，从这里的石凳上看过去历历在目。拄着拐杖缓缓而行的老妇，一身葡萄紫的衣服，孩子们礼拜天五彩缤纷的装扮，一个孩子所追逐的一只气球的淡红色，这一切都呈现着一种奇妙的完善。就连黑人的肌肤，也看不到北美都市中那种阴森的污点，只是一种暗淡而强烈的色彩的作用。

我坐的石凳的对面是一线蔚蓝的海水。大海在盛夏的太阳下闪闪发光。那里正有一艘白色小汽艇，慢悠悠从湾口里行驶出来。汽艇时时隐蔽于街道树的绿荫中，就像玩捉迷藏，没完没了。汽艇再次出现了，载着公园周日午后的时光，毫不迟疑地向远洋进发。

明天我想买一件夏装。其实，就这样强忍暑热，依旧穿一身齐整的冬服倒也不坏。因为，这种令人不想着装的酷热，使得我自我感觉像半个病人，此种病态和情绪，使我病弱的幼年时代的夏天在我心中徐徐获得了复苏。

我想起往昔。

我的背后是包围于大树清荫里的街道。市内电车穿过树叶间漏泄的阳光，从车站开动了。

里约的市内电车，呈现出乡愁的形状。车体老旧，有的电车牵拉着一节比它小一圈的车体，那里没有玻璃窗，没有板壁，只有顶篷、柱子，朝着车行方向顺序排列的木凳，前头用一段低矮的铁丝网作护栏，后头伸出一块木板，兼作站席和出入口。这种电车令人联想到放大了的游乐园中的儿童火车。伸出的木板上站着好多乘客，他们紧握柱子，挤作一团。其中有一群湿漉漉光着脚板儿的少年，他们去科帕卡巴纳海滨游泳回来。电车欢快地摇摆着身子，热烈地奔驰着……

我又沉浸于幼年时代的记忆中。医院看病回来的路上，沐浴着树荫下斑驳的阳光，等待乘坐电车。暑热难耐，内心忧闷。再加上一身麻布儿童西服，紧巴巴的，一根领带将我缠住。电车老是不来……耐着性子等了好长时间，终于来了，也是这般古老而令人怀念的市内电车，一边欢快地晃动着，一边突然出现于没有人影的盛夏的街角。

我走在美丽的广场花坛的一旁。庭院的树木修剪成各种形状：小鸟、马、大象、花篮、巢箱和骆驼。我喝了一杯瓜拉纳[1]饮料，随后加入孩子们的队列，走进电影馆。

在这里，我又见到自己的幼年时代，上演了一出系列性活剧，其中间或夹杂着短篇故事和漫画。这正是幼年时代的我所憧憬的全部。那是荒唐无稽的冒险故事。剧中出现了另一天体上奇妙的王国、年轻的英雄、清丽的恋人、嫉妒的公主、奸佞和忠臣、安眠药、地牢和火龙等。

我夹杂在孩子们中间，和孩子们一起欢笑。看到一出短剧中宝石强盗的一个刹那场面，对盗贼的罪行十分愤慨，孩子们不由发出了怒吼。我们也曾为正义而愤怒。然而，他们幼年时代那赢得喝彩的正义，不久也会到达那种不得不变卖勋章似的穷困潦倒的年龄。一想到这些，随之悲从中来。

夜间，我站在熟人公寓的阳台上，倾听附近的鼓声和歌唱。“那里在干什么？”我问。

1　产于巴西和乌拉圭等地的蔓生植物，果实含有咖啡因，可作饮料或强壮剂。

“狂欢节排练。虽说还有一个月，但他们从现在开始就要练习。”

鼓、铙钹和哨子单纯的音乐，夹杂着歌声渐渐走近了。那可能是桑巴舞曲。

我站在公寓门口，人们一边跳舞，一边在街道上簇拥着向前走去。前头的年轻人脖子上挂着大鼓，两手有节奏地拍打着。后面接着的是两三个少年鼓手、黑人乐队，一边跳一边跟在后头。其间，三四十个街内的孩子和青年男女，乱蹦乱跳地走着。就像民间过节，两侧的人行道上挤满看热闹的人，有的跟着队伍一起前进。

鼓声咚咚，犹如马戏团走钢丝时擦着边沿击打，节奏迅疾。黑人和白人少女肩并肩，或者黑人少年和白人少年手挽手蹦蹦跳跳，在合众国绝对看不到这样的景观。路上的人一边跳舞，一边不时冲向看热闹的孩子和少女，袭击他们，试图将男女少年拉入舞蹈的旋涡之中。

幽暗的道路有时候凸显于明丽的窗灯和街灯下面。于是，他们的狂喜乱舞，被照得清清楚楚。有时候，汽车向这条道路驶来，但是走不动，只得耐着性子等上一阵子。接着，鸣响汽笛，加快速度。这时，当场就像上演革命戏剧，群众袭击汽车，不让汽车前进。

过了一会儿，跳舞的人们休息了。有的蹲在路边抽烟，有的点燃报纸烘干鼓皮。休息五分钟，他们又开始跳舞了。接着，坐在草堆上抽烟的少年鼓手被吆喝着站起来，那少年长着一双漂亮的眼睛。

道路呈螺旋状通向小山顶端。跳舞的人群只能一拨一拨分别向上登，不知何时能到达目的地。夜晚很热，人们坐在前庭的椅子上乘凉。没有前庭的人家，将草席铺在门前的柏油路上，横躺在上面。有的人嬉笑着从二楼窗口将点燃的香烟投向人群的头顶。

我没有抵达山顶，半道上同他们分手走下石阶。那时候，他们休息了。但我踏上石阶不久，又响起了歌声和鼓笛声。

面对浓蓝的星空所包围的山顶，他们载歌载舞，在街灯照耀之下，可以看到巨大的跃动的姿影。一个黑人少女的影像，突然弹跳起来，高高超出其他人影。

殖民地时代古老的建筑鳞次栉比，沿着黑暗的道路前行，我看到昏暗中的石垣上，用墨黑黑地画着一幅画，画得很认真，墨迹未干。那是一幅男子的立姿，或许画得不满意，又用墨涂抹掉了。

我突然发现那副白牙咧开来笑了。画面在蠕动，人物在挣扎，似乎努力将身子撤离墙壁。不久，他离开墙壁走向暗夜的大街，似乎什么事也没有发生。

我在思忖这小小奇迹发生的缘由。是的，那画像之所以轻而易举脱离墙壁，责任在于画家本人，因为他犯了过失，不该在夜间描绘黑人。

公寓的发达虽然大大减少了葡萄牙风格的习俗，但街道上依然随处残存着那些古老爱情故事的绘画。

二楼的阳台，窗户，前庭的石凳，低矮的铁门，低矮的石墙……所有这些，都是因袭的情爱的舞台。玛丽安娜·阿尔科弗拉德的末裔，依然将坐垫放在溽热的夏夜敞开的窗户后面，将肘垫搁在窗台上，坐在那里倾听男人絮絮叨叨的求爱。有时，小伙子站在门柱一侧，姑娘背倚关闭的铁栅栏门，谈情说爱，直到深夜。窗户后面，母亲传来一声轻咳，姑娘一同向小伙子们彬彬有礼地握手告别，裙裾翩翩消隐于自家门内。于是，点燃一门繁华的小小的爱的烛火，就这样泯灭了。这支奇妙的蜡烛，明日夜晚还要点燃，后天晚上也要点燃。至少要到狂欢节过后，姑娘得知小伙子不忠，大哭一场为止……

我在另一处前庭看到很像马利·帕施吉尔塞夫所描绘的窗户和孩子们的构图。行人从低矮的墙壁上望着那里。并排坐在石阶上的白人孩子和黑人孩子男女五六人，笑嘻嘻地练习唱歌。教歌的是一位十八九岁的快活的美少年。他那鹅黄的短袖衫，在黑暗的夜晚似蝴蝶飞旋。

对于这场面所唤起的诗情，我感到多少有些过分了。在里约很少听到孩子们唱歌，孩子们没有自己的歌。眼下他们在练习，这位少年小先生热心教唱的是收音机里每天播送的广告节目：

多维巧克力，

此物最好吃。

里约最美的景观之一，是作为葡萄牙遗风的马赛克人行道。每条路上的花纹都不一样。某条街上有一对大怪鱼，围绕着车轮形的舵。这是最浪漫的图案。

科帕卡巴纳宫廷酒店周围的人行道上，主要是由曲线和圆组成的抽象的图案。这同来往于路上的优雅的女性，以及抱着折叠阳伞奔跑的裸体孩子们十分相合。

我从昨天起搬来这家酒店，到海里划水累了，躺在沙滩上观看陆地景色。我明白了当初为何将这里当作都市梦幻的一角。科帕卡巴纳巨大的缓缓的半圆同大海之间，仅仅隔着一条道路，鳞次栉比的高层建筑为之镶上一道边缘。这些高楼大厦后面，耸峙着南画风格的突兀的丘陵。

沐浴着地岬山端夕阳的高层建筑和赤色的土山，以及半是时隐时现的海岛景物之间奇拔的对照，从博塔弗戈到科帕卡巴纳一路上皆能看到。还有个地方，两座逼近的丘陵之间狭窄的幽静的深谷里，矗立着异样的高层建筑。

这些奇耸的梦幻的效果，远远胜过尼迈耶[1]设计的教育部大楼。每当发现随处隆起的南画风格的山丘谷地包围中的高层建筑，我感到它们像是刚刚破土而出。正如《一千零一夜》中黑岛王的故事，解除魔法的原野上忽然出现了一座大都市。

……眼下，站在这里的海滨眺望游云下的科帕卡巴纳高层建筑群，宛若一派海市蜃楼的景象。

我从海上归来，回到二楼的房间写信。

突然，窗玻璃颤动了，笔在发抖，附近传来震耳欲聋的爆炸声。

我奔到窗前，对过大楼的窗内填满了人脸。孩子们顺着马赛克道路向海边奔跑。我穿起衣服，到楼下沙龙里去。侍者们站在阳台入口，一同眺望海面。

“那是什么声音啊？”我问一个会说英语的侍者。

“什么呀，听说是炮台练习打炮。”

此时，再次从右侧地岬尖端秃山的炮台上传来一声轰鸣，随即腾起一股股黑烟。海面上的小岛似乎

1 奥斯卡·尼迈耶（Oscar Niemeyer，1907—2012），巴西建筑师，拉丁美洲现代主义建筑的倡导者，巴西利亚总设计师。

是靶场。

海滩上阳伞周围，有的在投球，有的无事闲逛。透过汽车的警笛，不时传来海水浴场那种特有的蜂鸣般震耳的声响。

里约，多么富于幻想的都市！当炮声越过房间的窗栏，震动着雪白的帷帘，传到房间里的时候，我猛然联想到的绝不是流行的现代兵器，而是拍打帆布的声音。那被海潮和鲜血染黑的粗劣帆布发出的响声……“那帆布，急速地在我胸前浮现”……(阿尔蒂尔·兰波)

动物园

呈现着海蓝色的蓝紫金刚鹦鹉。

长着少年般面孔的水貂。

宛如皮毛领子的红阶细腰猫。

还有肥猪般酷似老鼠的名曰“水豚”的啮齿类。除了短尾之外，简直就像放大的老鼠。要是打开棚舍，让这帮家伙跑出来，那就糟了。(但可以供食用。)

标明 Sanitarios[1] 的牌子上画着箭头。这里的围栏出入自由。栏中站立着众多的普通动物，亦即人众。这里不可大声说话，因为是厕所。

来到里约后的第二个星期天。

今日，《朝日新闻》的茂木先生同在外事办公室工作的上野先生去看赛马。邀我一道去，我谢绝了。我不喜欢赛马。

茂木先生是个高雅的人物，当他在旅途中遇到各色各样庸俗的日本人，就更能突显他这类人的高雅之处。日本有很多庸俗的日本人，外国也有很多庸俗的外国人。

今天一整天本打算独自去洗海水浴，可是天气变化，刮起凉风，眼看就要下雨了。我在昏暗的沙龙里写了两三封信。外国房客的家属也在这里或站或立，感到很无聊。凉台被雨打湿了。豆粒大的雨点。雨中，

1 西班牙语：卫生间。

狂涛轰鸣，可以看到飞腾的水雾。今日的海水逼近铺着马赛克的人行道。

我回到房间，躺在蒙着床罩的寝床上。虽说有些累，但却睡不着。给茂木先生打电话。这样的天气，他竟然不在。我想抽烟，打火机没有油了，打不着火……我突然站起来，披上风衣，下楼到酒店门口，叫了一辆出租车，但又没有地方可去。随即决定去看阿根廷芭蕾舞音乐电影。那不是探戈和伦巴，而是贝多芬和肖邦的乐曲。主题是“语言的死”，寓意是“语言死处，音乐诞生”。

电影演完了，去吃宵夜。稍微能看懂菜单，所以端上桌的饭菜同预想的一样。第一个夜晚等着上虾，来的却是牛肉。

在纽约时因繁忙吃尽苦头，而在里约，那些耗费我大量时间的介绍信不起任何作用。吃过宵夜，已经无事可做。这是自己选择的生活，有什么法子。酒也不大想喝。想去里约布兰科闹市走走，因为是星期天，好多商店都不开门。雨停了。在橱窗灯光的照耀下，可以看到路面上马赛克砌成的巨大怪鱼在浮动。

我从那儿转身往回走，在广场的人行道上散步。我走过红黄彩灯下的喷水池畔。道路泥泞难行，我拦住一辆出租车回旅馆。

“如此的一天，”我思索着，“在东京时也经常有这类事。平时唠唠叨叨，到了那一天，谁也不理睬，言语通与不通都一样。其实，不论到哪里都一样。但没想到，来到里约也有这样的一天。”

我连连打着哈欠，很快入睡了。明天一大早还得去取签证。后天我将离开里约去圣保罗。我一定于狂欢节之前再度赶回里约。

圣保罗

二月五日至十日

卢阿·阿伊莫雷斯·卢阿·伊塔博卡，古印第安语街名。

那条街既没有什么装饰，也没有惹人注意的广告，只有一排排没有任何特色的老房子。低矮的窗户面向街道，连绵不绝。门扉也一律是相同的窗户，那是一座尽是窗户的城镇。

每一扇窗户都没有玻璃。粗劣的百叶窗似的窗棂内侧，安装着对开的板窗。有的窗户紧闭，寂悄无声。

几乎没有车子通过石板路。但是，入夜，人行道上异常纷繁。说起街道的照明，除了稀疏的街灯以外，只有从窗板缝内漏泄的灯光。男人们路过这里，总是仔细向里窥视，像忘掉了什么东西。一个男人，打扮时髦，倚着窗口说话。一个男人突然打开门走了出来，面无表情地加入行人的队群。

窗内亮起了灯光，听到了唱片的音乐，听到了歌声。窗内人家看来很幸福。

这就是证据，上了年纪的卖花女在人行道上徘徊。她怀里紧抱着颜色黯淡的百合花，一些男人似乎也想分享一下幸福，他们从门缝里将一朵朵百合赠给窗内团圆的人家。

将门内的景象像小说一般描述一下吧。这是个清一色女人的家庭。一个充满女人自我满足的宁静的家庭。在一扇窗户内，家人外出时忘记关灯了，房里摆着污秽的安乐椅，仿桃花心木的桌子以及桌面上的花瓶和椭圆形画框内意大利青年的肖像画。看来不是出远门，桌上的烟灰缸里，沾着口红的烟头依然在冒烟，还有一杯喝了一半的绿色饮料。

窗缝的宽度正好和眼睛相当，为此，有的窗户给人的感觉，仿佛被一双莹润的大眼睛和一头逆光的栗褐的头发就占满了。那眼眸时而转动，时而微笑，时而倏忽眨一眨一只眼睛。于是，给人的感觉，仿佛那窗户也同时随着急速旋转，时而微笑，时而半开半闭。

窗缝（说来不吉祥）有时看起来像笼子。那是因为窗内的女主人双手抓住更高的窗缝，将脸紧贴在这一窗缝上的缘故。又像是想让风儿吹一吹腋下。然而，户外虽说很冷，傍晚起就刹风了，也没有微风特意吹拂那块地方。

窗内时时像舞台，多半是灯光给予的暗示。

卧室内放着按月付款的成套家具，等待着开幕。

就连小道具也准备整齐，初出茅庐的主角，站在红色织锦帷幕后面，仿佛能听到那胸中的心跳。

某一舞台已经开幕。乳房硕大的黑奴女子在跳舞。她已经揭开第五条面纱，大声狂笑。看到人们聚在窗口，她显得很高兴。于是，坐在长椅上的女人也不示弱，更加朗声地笑着。她已经醉了。一下子解开鼠灰色裤子的腰扣，露出肚脐，兴高采烈地笑着。暗淡的灯光下，肚脐看起来宛若惨白的枯萎的玫瑰花骨朵。

那时，第二道帷幕打开了。扮演“坏王妃”的那位老丑的女优出场了。她决不肯笑一笑，只三言两语说了简短的咒语。这时，女人们好半天冻僵似的伫立不动，简直就像演出一场无言的短剧，直到王妃退场为止。

有的舞台……

不，那里倒不如说是镜框画。为什么呢？那窗内的女人，对看热闹的人不屑一顾。距离窗户不到两米的墙壁上，挂着一面缺了一角的大壁镜。镜面映射着她的金发愈发光明闪耀。她身穿一件黑纱衬裙。脚边一只纯白的长毛狗正要爬上她那浑圆的膝盖，女人俯下身子抚摸着它。女人时时感到垂下的头发碍事，不住晃动脑袋，小狗愈加闹着要抓她的金发。女人胸前和腹部的黑色花纹闪来闪去，越来越逗得小狗兴奋不已……

有的舞台……

那里明显已是终场。窗内的场面不再是室内。

铁窗、逼仄的进出口和晦暗建筑的背景围绕着潮湿的石板路。唯有她的窗口没有灯光。窗外的街灯照耀着那里，年纪轻轻，却伸出一副眼窝深陷的面孔。她抓住窗框，几乎全靠这个支撑着身体。否则，她的身子无疑就会倒在潮润的石板路上。

她在叫喊着什么。她叫喊的是显然不属于她的一种伟大而不合身份的台词。

但是，听不到她的声音。高架铁道尖厉的汽笛和车轮的轰鸣，掩盖了她的叫喊。

她的窗口没有一位观众。因为这悲剧的大结局太长了，谁也不可能一直看到最后。

林斯

巴西的云

巴西的云，我在林斯首次看到了值得这样称呼的云。

原东久迩年轻的亲王多罗间[1]先生的庄园，位于林斯近郊十八公里的地方。一天，我坐在多罗间先生开的车子上，前往林斯市街。街角处看到一家贩卖尚未鞣制的巨大豹皮、各种马具以及自行车的商店。穿着半高筒靴子和马裤、戴着宽檐帽子、脖子上围着时髦的桦树色围巾的牧童，正在同主人说话。

其实，牧童是赶牛的。那种社会有着严格的仁义，但凡违反“马托格罗索”仁义的人，要立即听凭将抛向空中的火柴杆一断为二的神枪手的处决。赌博不很流行，慰藉靠着酒和女人。他们从远方牧场主那儿包租牛群，迁来城镇的市场，同牛一起走上一个月或

1　多罗间俊彦，东久迩宫稔彦王的儿子。

四十天的路程。碰到给大牧场的牛打烙印时，投绳套牛就属于他们的活计。我听一位朋友说过，他们利用圣保罗州和马托格罗索州交界的巴拉那河，乘坐由汽艇牵引的竹筏贩运牛群。

为了把八十到一百头野外放牧的牛引到筏子上，首先必须将牛合为一群。野外放牧的牛，单独一头时，脾气凶暴，一旦结群就变得温驯了。

牧童身披大红斗篷，策马在独牛的前头飞驰。牛追马跑，越过茂草和沼泽。牛追上马时即将用角猛刺马腹的一刹那，牧童解下大红斗篷从马背上瞄准牛角投过去。牛被斗篷缠住双角，一边狂奔，一边摇头，想将斗篷甩掉。于是，群牛也都随着这头独牛跑了过来。牛结群之后，性情由昂奋转为镇静，牧童在前头三四十米外吹响号角，静静地朝河畔走去。

——可庆的是，仅仅五十年间忽然出现、如今已拥有电视台的林斯，并未因为新城市而产生自卑。家家赤褐色的墙壁和屋顶瓦，与道路红土的颜色颇相称，一切都符合这块土地的风土。

我看到云，是通过回程的汽车车窗。

林斯近郊的远景内，以牧场和咖啡园为中心，可以看到站立着的奇形怪状的枯木，那是开垦荒野时焚烧原始森林的残留。被烧的树木孤独而立，黑黝黝的，呈现着一般枯木所没有的奇矫的人工的形状。背后，牧场、咖啡园，以及由红土道路分离开来的地平线上空，云层恣意乱舞。

这些热带地区的云，下边似乎用尺子裁断一般整齐平行[1]。高空的云和低处的云尽皆如此。大西洋的水蒸气被搬运到安第斯山脉而形成的这些云，虽说原料并非不足，但从秋到冬，仿佛储存于某地的仓库，在那草枯牛马瘦的干燥期间不见踪影。今天，是盛夏雨季的一日，而且这一带又是快晴，正是看云的好时机。

那实在是雄浑的景观，在我们所能看到的方角内，在一排排优美的松林上空，连绵形成了几道云峰。承受众多阳光的部分，看上去犹如白色大理石高高隆起的肌肉，从内部放射出光彩。光明和阴翳各占一半

1　这种云或许是单独的积云。积云的形态特征是上面呈圆拱形隆起，底边几乎呈水平型。

的部分，看起来恰似庄严的墓石。我想，威廉·布莱克飞翔的神和天使的绘画，无疑是从云朵受到暗示。

我时常从自然形象中获得感动。较之绘画，音乐这种艺术用语言是很难表达的。我虽然不具有音乐的天才，但一见到雄大而美丽的自然，不用眼睛，而用耳朵来品味。此时，我的内心确实有音乐，但没有机会向外部流露，只能一味地蓄积在心里。不幸的是，我不是诗人，对富于语言变化的这种音乐犹如音符一般唤起最初新鲜的幻影，缺乏一种幸福的敏感。小说家首先必须致力于创作优秀的散文。因此，为了使得这种音乐经过沉淀之后，具有坚固的目不可视的实质而得以复苏，那就首先必须让它暂时死去，以免在散文中以语言的形式原封不动地表现出来，或者作为浅薄文章的节奏而表现出来。

长期以来，我的心中有着一种坏的音乐，给文章带来不必要的悲哀的调子以及顽固的抒情意味。如今，我固然需要与之战斗，但眼下对于好的音乐效果的确信，使我勇气倍增。坏的音乐给散文带来悲哀的调子，好的音乐将是另一番景象，它应该带来喜悦的调子。

维拉萨比诺小村

昨天，我们访问了巴西典型的小村庄，名字叫作维拉萨比诺。

大多数小村都是新近产生的。依然寂寞地保留下来的古老小镇，只能举出切提、伊朱等。维拉萨比诺也被庄园包围——直到不久前，这座村庄本身还是某大地主的土地——为了解决居民到远方城镇购物的不便，一家又一家建起小店铺和住宅小区。村落尚未形成前的两三家店铺，孤立于村庄之外，称为贩卖店。

有小教堂。有葡萄牙风格的酒馆，开着狭长的门窗。有服装店。有加油站。有生意人的住家，我知道，这里是他们的根据地。玻璃窗极为罕见。窗户向灼热的户外敞开，内侧安设木板门。

红土街道上，停着两三辆汽车，系着四五匹马，是杂种低背马。马鞍上垫着赤褐的羊皮。野宿时，这就是牧童的褥子。

光脚的孩子，一直盯着我们下了汽车。

这个村子就像日本的村落，没有任何东西妨碍鸡犬之声。赤褐的泥土，赤褐的墙壁，赤褐的屋顶，以及鞍上赤褐的羊皮，透过崩塌的墙壁所能窥见的赤褐的砖瓦……这一切，令人想起动物的保护色。村中寂悄无声，一味沐浴着亚热带夏日酷烈的阳光。天空寂然耸峙着魁伟的夏云。

倘若某个时刻，有什么不测的凶事来袭，维拉萨比诺从地上消失了，世界的报纸也不会报告这一消息，这个国家的报纸也只是简单地写上几行。谁也不会介意它的消失。即使邻村的居民，大概也不会关心此事。要问为什么，这类谦卑的小村子，即便完全回归同一颜色的泥土，灾难过去，还会从泥土中若无其事地冒出来，鸡犬之声再起。对此事一概不知的赶牛人，必然还会将他的马匹系在大街静静的角落。

切叶蚁・萤火虫・蜂鸟・鸵鸟

来到这里，我觉得少年时代想当昆虫学家的美梦又复苏了。例如夕空的蓝色和橙色，只能使人想起蝴蝶翅膀的颜色。

多罗间家院中丛林一角，我看到一座高大的已经没有白蚁居住的白蚁蚁穴。这是近乎一米高、固若金汤的蚁穴。高塔的尖端已经不见一只白蚁出入。这座塔已经是青苔满布，宛如皇族蒙尘后的古城。

我发现一大群切叶蚁穿过夜阑的鸡舍，搬运玉米粒和被切割成适合运输的叶子。

这伙强盗的行列，由于货物体积比搬运工还大，用手电一照，那数不清的被切割成三角或四角的叶子和数不清的玉米粒，犹如悬浮于地表一公分高的半空，地面上落映着一片片阴影，步伐整齐，缓缓前行。栖息在低矮木桩上的鸡似乎睡得很不安稳，扇动翅膀，转变了方向。而蚂蚁的行列却没有被搅乱，依然整然有序地前进。

切叶蚁的体色呈赤褐色，头大，工蚁的姿态类似日本蚁中的兵蚁。收获的叶子让其发酵，制作成饼干式的食品。它们熟知这里的树叶，某个夜晚只采集玫瑰叶，某个夜晚只瞄准石竹花的叶子。因而，有时精心培育的花草，一夜之间会呈现出悲惨的裸姿。

旅人的眼睛或许是幸运的。可是，这种切叶蚁却成了巴西农村苦恼的根源。甚至说，不是巴西消灭切叶蚁，就是切叶蚁吃掉巴西。而我们却不管什么利害，只是从旅游的兴趣观察它。旅行景点上坏的事物不会使我们忧伤，更可喜的是，那些不胜其烦的所谓美德，也不会使我们苦恼。

昨夜，我去参观附属这座庄园的农民们带殖民色彩的住宅区。大门一旁是日本监工的家。阳台上悬挂着大钟，夜晚九时就寝，早晨五时起床，六时上工，每到这些时刻，由监工亲自敲钟。

那里的住宅区一排有十多座房屋。每座房屋分为两个单元，一个单元住一户人家，一律都是巴西农民。室内晦暗，家具简陋。流浪汉没有床，据说只能打地铺睡在地板上。可有的家庭有收音机，放在桌子上，全家人围着听。更多的人都到门口去乘凉。周末以外，没有像样的娱乐。我们走过时，打招呼说“晚上好”，每户家门口的人影也都回答：“晚上好！”

我看见住宅区草木丛中飞旋的萤火虫。光点幽柔，不像是传说的南美巨型萤。捕来一看，这种类型其实同日本萤没什么两样，个儿大，尾部的荧光也大体相同。灯下仔细一看，那体型和日本萤还是不一样。

今天，我见到了眷恋已久的蜂鸟。只有一只，而且是瞬间的来访。无风的午后，灼热的阳光下，传来轻型航模飞机螺旋桨似的鸣声，飞来的是数十种中最大型的蜂鸟。虽说巨大，却不及小小的麻雀。它先飞向盘绕于阳台的蔓草花丛“阿拉曼达”（这种植物光滑的叶子似山栀子，大轮的花朵如黄色的葫芦花），羽翼像彩虹般颤动。就那么停在半空里，将长喙插入花内。在巴西语中，这种鸟称作“贝加芙洛尔”。“贝加”意为接吻，“芙洛尔”意为鲜花。

蜂鸟吸食“阿拉曼达”花蜜，只需一两秒钟。

它忽然翻转身子，朝着藤架洋红色的花朵飞去。采访了两三种花之后，这位匆忙的来访者，这位不分吉凶、一听动静就落荒而逃的特使，如子弹穿过内庭花坛，对盛开的美人蕉睬也不睬，向丛林里飞翔而去。

因为惊叹于最初的相逢，对于哈德逊[1]那般细致入微描写过的蜂鸟飞翔时羽翼的颜色，根本来不及观察。

数周前，一位神秘的客人访问了林斯。

它首先出现于近郊的咖啡园，其独特的足迹印在泥土上。

农民赶紧向庄园主报告。

“刚才，有鸵鸟经过这里！”

庄园主不相信。他望着巨大的脚印闹不清是怎么回事的时候，鸵鸟正在红土道路上悠悠然赶往林斯镇。它又出现在某位医生家中美人蕉花坛的中央。某家酒馆的顾客们看到白天走在大街上的一只鸵鸟，吓了一跳。当人们回过神来，将要着手追捕它时，这只来过林斯的鸵鸟早已不见踪影了。

---

1 威廉·哈德逊（Willam Henry Hudson，1841—1922），英国作家、博物学家。早年过着流浪生活，以南美为题材，创作浪漫小说。代表作有《拉普拉塔的博物学家》《绿色寓所》等。

走马咖啡园

多罗间庄园五百公顷土地，主要由咖啡园和牧场组成。进入大门右侧有足球场，这种运动和巴西人的生活不可分离。

足球场一侧是一排尤加利树。这种树木呈现出颇为高贵的感觉，只有北海道成排的白杨可以与之比肩。

另一侧是一排帕伊奈拉树。

前院里有孔雀椰子树，有凤树。孔雀椰子树果实累累，枝条如垂柳，垂到树干的半腰。

有一种名叫塔曼克罗的树，意思是木靴树。果树有阿巴卡奇，有曼加。每年十二月，曼加树树枝上坠满芳香馥郁的果实，时常有大群大群的鹦鹉飞来，一边高声鸣叫，一边啄食果子。庭院和咖啡园隔着低矮的篱笆墙。

黑人少年将两匹白马牵来前院。马鞍上覆盖着羊皮，同我昨天在维拉萨比诺所见的一样。

我们戴上麦秸草帽，在阳光普照的咖啡园中骑马而行。巴西的马体形矮小，走起来颠簸的幅度很小。一旦奔驰，颠簸被那羊皮中和了，同汽车座椅的摆动差别不大。

咖啡树的叶子光闪闪的，估计今年大丰收。树荫下的地上一个黑黑的东西突然折身而起，道一声“午安”。原来是个皮肤黝黑的老农在睡午觉，一旁的树叶上放着烟包和火柴。

头顶圆壶的女人为我们让路，道一声“午安”。她给丈夫送罢饭正在回家的路上。

我们穿过咖啡园，走在没有行人的红土路上。据说夜间天亮前，经常有人在咖啡园里迷路出不去。这片长满灌木的田地很单调，没有什么有趣的变化令你娱目。

我们又在一棵咖啡树的根部发现一座巨大的蚁巢以及犰狳穴。红土路边立着仿佛日本地藏菩萨祠堂一般带有小小屋顶的纪念碑，上面镌刻着一些人的名字，他们是在争夺土地和女人的战斗中在这里被杀死的。

纪念碑在雨季多变的气候里，一天内经过好几次日晒雨淋。在来往奔驰于空中的云层的遮挡下，碑面忽明忽暗。眼下，正沐浴着午后的阳光。背后是牧场，一群白色的瘤牛慢悠悠移动着。云在地平线上呼呼上涌。

瘤牛在日本不算稀罕。但这里瘤牛众多，白牛头部后面长着高高的肉瘤，现出庄严的气象。这些都不是乳牛，而是食用肉牛。

我们走进多罗间牧场的一角，来到一群马的栅栏旁。起初，小马们见到我们就逃走。不一会儿，它们依偎在母马们的身边，走到我们骑的马一侧，隔着栅栏默默伸来鼻子。

归途，马看到架设在沼泽上的木板桥很害怕，不敢走过去。我们下马牵着缰绳，桥面上并排的原木在马蹄下晃晃悠悠，有根原木掉进水里，溅起白色的水花。

再访里约热内卢

二月二十日至二十九日

穆尼西帕尔剧院前的肖邦雕像，几天前用木板围起来了，在那上面要架设狂欢节的造型。不过，里约的市民却说，那是为了不让乐圣听到狂欢节喧骚的桑巴舞，以免心情烦乱，市当局才用板壁挡住他的耳朵。

肖邦像上面用八根木柱搭起圆形屋顶，今晚将用起重机吊起一只巨大的皇冠模型，安装在上面。尽管下着小雨，一些爱看热闹的人一直站在马路上观看。

起重机的作业很不顺利，皇冠忽而吊到空中又忽而白白地放回路上。观众耐心等待，一部分人将手帕铺在剧场的台阶上坐下来，另一部分人为今夜能否吊上去开始打赌。里约布兰科大道两侧，每隔五六米就竖立一面大旗，上面描画着狂欢节形形色色的化装画面。

一七八八年歌德曾就罗马狂欢节说过下面的话：

所有的街道使人有一种“身处室内的感觉”。最适合达到这种效果的是路上的马赛克，简直就像为这一天铺设的一般。为了过节，所有场所都装饰起令人瞩目的模型。（正好从我下榻的塞拉德尔旅馆的窗户，可以看到上议院会场和对面的海洋。）环绕上议院圆顶的向四面吹号的四体青铜天使，也像豪华的模型，通过吹号宣布狂欢节开始。

终于，狂欢节开始的前一日到来了。我们吃晚饭前，在剧场观看了为节日的宣传而大造声势的影片。这时，突然雷声隆隆，到室外一看，下起了暴雨。起初我还以为是故意用一种音响效果，覆盖那种巨响和那东拉西扯的情节，接着又以为是放焰火，到外面看到闪电才知是雷鸣。

我们沿着大街挨家挨户去寻找料理店。暴雨一直下个不停。到达某一街角时，伴随着雨声，听到日本广告宣传乐队的音乐和合唱。

商店早已在四小时前的六点钟定时闭店了。除了上锁的铁门上的霓虹灯和街灯，看不见别的灯火。

那些大铁门前，聚集着跳舞的人群。三十人之间，黑人白人、少年少女杂然一处。

大体都是穷人，虽说节日的盛装留待明天上身，但被雨水和汗水全然浸湿了的衬衫和裤子，反而因为湿透闪闪发光，颇为好看。此外，有几个人半裸，挥舞着手里的衬衫，好多少男少女都光着脚。

乐队为了保护乐器而躲在屋檐下。瀑布般的雨水从檐头倾泻下来，跳舞的人们一次次穿过雨帘涌向街道的石板路，踢散霓虹灯辉映下闪光的水洼。

在北美，这种庶民的娱乐活动，看起来带有某些困窘和悲哀。然而，巴西人不以贫困为耻，这种特质称为美德也不为过。他们不同于把贫困和成功鲜明对照的北美人。（在纽约，我看到过一道前菜高达一百美元的高级饭店同杂货店相邻。）他们也不同于北半球那些将贫困和精神上的成功混为一谈的穷国。这个国家的穷人，比起有钱人来显得更加自然。十多年前，这个国家没有小偷和乞丐，如今也同一般国家一样，既有小偷又有乞丐。可是，当你拿出一张五克鲁塞罗[1]的钞票，但你只想给他两克鲁塞罗而要他找零时，他会愉快地把该找的零钱退给你。这类国家的贫困，仅仅是怠惰的代名词，所幸在巴西，怠惰并不算恶行。

雨势一直没有减弱。然而，跳舞的一帮人向着别的大街出发了。一个调皮鬼，一边跳舞，一边粗暴地晃动幼小的街树。碧绿的街树在街灯照耀下，宛若冒雨回家的狗抖动身子甩掉水花，刹那间扬起一片雾气般的雨滴。

狂欢节

二月二十三日至二十六日

首先必须说明的是，里约的狂欢节不是什么宗教活动。总统为了收买人心，市政府为了暂时转移市民对物价高涨的愤懑，还有，为了吸引北美和欧洲的

1 巴西原法定货币名称，巴西中央银行 1994 年就已停止收兑，现已停止流通。

游客，花费了大笔的补助金。不过，起着关键作用的天主教是反对这种愚蠢的喧闹的。这是缺乏任何方式、没有什么规章制度的祭典。假如硬要从中寻求一种趣味，还是趁早放弃这一想法为妙。

可是，里约的狂欢节也蕴含着许多应该重视的经验。将数万人心团结起来，使他们投入共有的热情之中，这种力量、传习，或者说习惯，绝不是毫无意义的。现代生活，为目的意识侵蚀，我们之所以成为政治的奴隶，正是来自这一弱点。但由对生的恐惧，变成政治的俘虏，又进一步害怕政治，这是很愚蠢的。无目的的生，尽管只是短暂的几天，却能表现出完全的生的秩序和充实……这正是狂欢节的好处。

对于我们非基督教徒来说，最可喜的莫过于狂欢节只有一味的疯狂与喧嚣，而没有狂热的信仰要素。这使我不由想起了悲剧《酒神的伴侣》中所描写的古代希腊狄俄尼索斯崇拜。这绝非来自宗教教义的狂热。并非狄俄尼索斯主张正义，使得人们趋之若鹜，也并非因为狄俄尼索斯主张正义，使人们陷入狂乱和杀戮。希腊人将人的所有能力全都用来祭神了，因而他们甘愿陷入狂乱，甘愿跻身生之恐怖，于陶醉中将爱子大卸八块。

*

不论是办公室、商店，还是医生的门诊部，二十三日中午至二十七日中午一律闭店，全部停止工作。

二十三日下午，一个奇怪的期盼的时间。有几个模型尚未完工。现在，瓦加斯总统大街巨大的莫莫像（肥满的莫莫王是狂欢节的主神），肩膀上看不到最重要的头颅。大街上盛大化装的人还不多。街上满是人，狭窄的路面，要想分开人群挤过去并非容易。

在克罗姆波饭馆楼上吃午餐，从一家人的餐桌上飞起彩带，抛向另一餐桌。彩带倏忽纷乱一团。向下一看，一大束红玫瑰正从大楼门口经过。那是有的人家专门为狂欢节订购的，似乎处于送货的途中。花束在人流之中忽浮忽沉。

响起了鼓声，最初的队伍出现了。队伍里全是身穿水蓝色衣服扮作希腊女子的男人。

道路上，为了确保自己人跳舞的空间，四个男子在一群人的四周围起一个始终不变的平行四边形，同时为整个队伍也起到了先驱作用。充当开路先锋的男子是旗手，他一边挥舞旗帜，一边疯狂跳舞。二三十个身穿水蓝色衣服的人跟着他一同跳舞，还有十多个奏乐的人。这大致可算作是标准的街头桑巴表演队。前后簇拥的群众逐渐加入舞蹈行列，犹如滚雪球一般越滚越大。

为了表现狂欢节的喧闹，不能忘记的是，所有的人都不是默默跳舞，而是异口同声，且歌且舞，竭尽全力，高歌向前，很像日本的所谓“拍子舞”[1]。音乐均为桑巴或进行曲，为了迎接当年的节日，很早便制作并发表多种曲调，由民众进行筛选和淘汰。一般有五六首易跳易唱、欢快热烈、富于表现力的音乐，

1　歌舞伎舞蹈，演员伴随三味线乐曲边歌边舞。

狂欢节之前就开始流行，歌词连孩子们都很熟悉。歌词大体都是具有玩笑性、片段式的，反复的地方很多。有的歌曲多具讽刺，隐含着好色的意味。虽说每首歌词语意双关，暗带色情的寓意，但就连正经人家幼小的子女也肆无忌惮当着父母的面大展歌喉，实在令人感到惊奇。

俱乐部的音乐大都是黑人乐团演奏，一曲连着一曲，一刻也不停止。其间夹杂着简短的快节奏的进行曲，五六首曲子反复演奏。街头音乐都在设置于街头的游览船模型中演奏。除了市乐队和警察乐队之外，其他都很单纯，只有两三件吹奏乐器和大鼓、铙钹等。其中，充耳可闻的只有单调的鼓声，令人想起日本过节时的大鼓。

在这类歌唱和音乐中，每个人吹口笛的声音，发出刺耳的不协调音调的玩具音，手鼓的声音，还有时不时传来的放焰火的响声等，共同构成了狂欢节无与伦比的喧嚣。

过去被禁止，仅限于今年解禁的项目中有掺入乙醚的安息香喷雾器和名曰“平噶”[1]的烈酒。前者是指一种恶作剧玩具，用来朝着人的衣领、臀部和前胸喷洒，如果进入眼睛，就会一时疼得看不见东西。后者是这个国家生产的大众化烈酒，平时俱乐部里香槟酒当水喝，但又借口危险禁止民众饮酒。或许这一规定被谴责为有失公允才解禁的吧？

除此之外的小玩意，还有投彩带和互相往头上抛撒纸屑，就像舞台上用来表现下雪的又细又圆的碎纸片，主要有红、黄、绿等不同的颜色。

今日街头的狂欢活动，参与者大都是黑人和下层社会的人。他们没有钱，不能去俱乐部，只能在街头喧闹。以前，有克尔松敞篷汽车，上流社会的人家一身盛装，他们的车队排满街头。每逢此时，市民们便向车队抛撒彩带和纸花，扮演啦啦队或看热闹的角色。但是今天，主客颠倒，每晚十一时俱乐部舞会开场，中流以上的人们扮盛装，在前往舞厅之前，先去街头观看民众的狂舞乱跳。

1　即卡莎萨，巴西国酒，用甘蔗汁酿造而成。

*

二十三日入夜，狂欢节中心，那一眼望不到头的里约布兰科大道，车道和人行道上都挤满了人。其中有七成是扮装的，其余三成也是鲜衣丽服，跻身五彩缤纷的街道。街道树上嵌着电灯，旗帜、大灯笼，以及巨大的模型都点亮了灯火。

俗话说“乌鸦难辨雌雄”。到了夜里，黑人的男装与女装几乎很难区分开来。留胡子的壮男，光着上身，裹着乳罩，装扮女子，一味追求滑稽的效果。但有的少男女装非常秀丽。男装女和女装男结为一对，或平服男子和男装女子结为一对。看得观众眼花缭乱。

有猫。有骸骨。有活灵活现的卓别林，他用手杖和手帕作道具，凭着娴熟的手法表演杂技。在意大利料理店，有位灵巧的侍者能将小盘里喝空的咖啡杯悬空翻转过来。这位卓别林，或许在故意露一手平素的职业技能吧？有小丑。有恶魔。有斗牛士、牧童和外国军队的士兵。有扮演吉卜赛的一群青年。还有一对姊妹装扮成蒂罗尔[1]少年。

孩子们的扮装尤其可爱，在父母没有装扮的时候，和日本的“七五三”节没什么两样。男孩打扮成牛仔或冒险故事中的主人公，女孩则身穿匈牙利、荷兰、西班牙等各国民俗的礼服。心灵上既意识到所装扮的人物，又同时意识到自己即将长大了，较之观看别人，更着意于被人观看。他们都被母亲牵在手里，带着一副煞有介事的表情向前行进。

一个滑稽的男子将大肚子模型塞进裙子，扮作孕妇走着，脊背的木牌上写着：“我输了！”

这时候，扮作哥萨克的市马队，充当两三辆山车的先驱，冲开群众一路走来。然而，凝聚着各种有趣表演的山车行列，不到最后一天是看不到的。

每当在扮装的人之间，出现身着寻常素服的真正印第安人的时候，却也呈现出一派奇异的光景。那些冒牌的印第安人则自行退出队伍，挤进人群，不得不观望一番。

1　奥地利西部至意大利北部地区。

一列印第安人威风凛凛地走来了。那一身最考究的礼服实在很烦琐，头上插着羽毛，前面装饰着小鳄鱼和水鸟的标本，额头上顶着三面小圆镜。灯光时不时照在镜面上，极力使人的眼睛感到眩惑。腰间裹着豹皮，脖子上围着豹的牙齿的颈饰。手中握着的本色的弓矢，格外美丽。脊背上除了箭筒之外，还吃力地背负着大型水鸟的标本和黄鼠狼的标本。他们是每年必来的贵客，秉持一副先祖代代的姿态，从内地赶来参加里约的狂欢节。

*

里约下层阶级中，不少人将全年收入全部用于狂欢节。仅用于扮装的费用，就相当于进入三流夜总会的花销。一年间工作的收入，四天里就轻易花光了。京都附近的农家有个习惯，一年到头攒钱，用来观赏十二月南座剧团的见面演出。里约人有所不同，狂欢节前，先向东家告假，然后在四天之间将所有的钱全部花掉，然后再找新的工作。

不仅如此，黑人之间有人迷信，说只要尽情享受狂欢节，到了孩子那一辈，就能成为白人。

巴西是世界上奴隶解放最晚的国家。悲叹父母赐予一身黝黑皮肤的奴隶解放歌曲中唱道：“巴望变白人……巴望变白人……”黑人们在扮装上花费与自己身份不相称的钱财，无疑是想借助扮装，使自己成为另外的人种。

事实上，每每有奇迹出现。在那漆黑的父亲一无所知的场合，有时竟会生下他的金发雪肤的儿子。但是，等这些白皮肤的儿子长大，和白人姑娘结婚后，想不到又会生下漆黑的婴儿。

每年狂欢节都会造就无数的私生子。颇具讽刺的是，他们于圣诞节时，同那神圣的私生子精灵携手降临地面之上。

*

四个夜晚有三个夜晚，我们都在跳舞，两个夜晚在富裕层的夜总会跳，最后的晚上在游艇俱乐部跳个通宵。这倒也不是为了来世想成为白人。狂欢节的陶醉，在看热闹的人的眼里是没有多少价值的。那么，我就来谈谈自己的陶醉是怎么回事。

舞会上有一对跳舞的男女，他们时不时模仿狂言舞蹈的动作。他们并非表演给别人看，而是混杂在拥挤的人群中，你一句我一句，男女交替，巧妙地表现出欢喜、得意、惊愕、惧怕、沮丧，以及无助而顿首等表情。他们一边跳舞，一边充分演示各种辅助性的动作。有的没有舞伴，一男一女，或者全是女的，手拉手就跳了起来。他们同样地完全融入热烈的舞蹈之中，有的自愿担当舞蹈指挥，走出舞场，强拉陌生的人进入舞蹈的旋涡之中。女人们即使有男伴伺候，还是毫无顾忌地向四周桌边素不相识的男人不断献媚。随便享用桌子上别人的烟酒成了理所当然的事。其中，有些善于钻空子的人，趁着别人跳舞的时候，占领他们的桌子，偷喝别人的香槟。

刚才我说过“狂欢节的陶醉在看热闹的人的眼里没有价值”，不过，狂欢节的舞会，跳累了即便靠在桌边观看一番，也还是有着独特的趣味的。普通的舞会，一对对男女为了相拥而跳，是闭锁性的。但舞会上的桑巴和马尔夏是进行性的。当我们看到圆周运动完全是进行时的时候，就会唤起我们欢乐的感情。当我们看到日本剧场里花道上的行列，演员们对我们显露出侧影，朝着指定方向行进时的印象，蕴含着难以形容的“真实”，较之舞台上的演出，可以更加鲜明地窥见登场人物感情的断面。这是因为，本来如镜框般的舞台设计，登场人物像是在密室中表演，并未意识到被观众所观看。由于舞台在某种程度上和观众席有一定距离，我们越发希望看到，登场人物对我们的存在丝毫没有觉察地走过去。花道就能满足我们的这种要求，同时也能满足我们与之相反的要求。就像相知相亲的朋友，完全无视我们的存在而走过，通过这种表演满足我们恶作剧的心情，接着，再满足观众希望蓦然回首一笑的要求。可以说，桑巴舞很接近这种花道上的演出。

渐渐出场的宫女、女军官、女斗牛士，还有克利奥帕特拉和奥菲莉娅[1]等，一个个展现出美丽的姿

1 莎士比亚悲剧《哈姆雷特》的女主人公。

影。看来，她们都急于进入各人的悲剧角色。但由于角色众多，难以配合，其中又有不少人没有扮装，因而我感觉仿佛在芭蕾舞后台，厕身于那些等待登场而练习舞步的演员之间。眼前的乱舞就像舞台上的场面，不过，我也能很容易走入她们的队伍一起跳舞，这就使我感到是在朝着某种预想的舞台前进。这种所谓预想的舞台，眼下虽说看不见，但注定会出现。当四天四夜的陶醉时光结束，人们从不可言状的快乐中醒来，重新面对现实，就像《鲁拜集》[1]中所说的“死”一般的情形。

*

游艇俱乐部的狂欢节……俱乐部门前，群众等待观看今宵客人们的扮装表演。看到别人快乐，也是他们自己快乐的组成部分。

会场设在面临游艇船坞的俱乐部楼内。撤去各

---

1 十一世纪著名的波斯诗人海亚姆所作。诗中大部分关于死亡与享乐，用了很多笔墨来讽刺来世以及神，这与当时的世俗风尚相去甚远。

个房间的隔挡，以中央大厅和屋外露台为中心，各处都可随意跳舞。这里，可以看到十分精心的扮装，白色衬衣的脊背上带着雪白的大翅膀、脑袋肥硕的秃头天使（那秃头装扮得浑圆而光亮）；参孙和大利拉、海盗、老鼠，一起跳舞。桌上的杯子放置片刻，不知何时就漂满纸花，无意中喝一口，嘴里就粘上红绿纸屑。一旦坐在桌边，不管你愿意不愿意，就必然卷入欢舞的陶醉之中。否则，就会因诸多担心而患上神经衰弱症。

现在，我看到一位母亲，大概是来监视孩子的不守规矩，始终双眉紧锁，忙忙碌碌。开始，她为了防止纸片飞入杯子，不停地拼命扇着扇子，不久即放弃这一无益的工作，转而用心保护自己的杯子，以免被那些碰撞桌子的鲁莽的舞客打翻在地。其间，同桌上据说是啤酒公司专务董事的夫人，扮成美丽的奇佳内，不顾侍者的规劝，登上桌子跳起舞来。忧郁的女店主立即团起桌布，将杯子放置在屋子角落。为了不让香槟酒瓶翻倒，她用两手拼命按住不放。桌布只是沾了点泥，就能使她爱干净的癖好遭到打击。谁知，桌上的高隆比娜[1]由两人增加到三人。桌板咯吱咯吱响，汗水从舞女背上流下，她们将端来的一大盘碎冰抓起来，互相投往对方嘴里，或者将冰块蹭在经过桌边的舞客的头发上。看到这番景象，那位按住香槟酒瓶的女子的眉头，越皱越深了。

告别这饶有趣味的场面，来到面临游艇船坞的庭院里乘凉，发现岸壁上一夜之间建起了漂亮的围栏。五颜六色扮装的青年男女，一对对紧贴着，身子靠着身子，从岸壁这头一直坐到那一头。

海风吹散了他们的头发，在那道头发屏风的遮挡下，有几对男女正在没完没了地亲嘴。然而，走在海边小路上的姿态潇洒的西仔，以及肥硕的天使，对于这种孩子般的陶醉不屑一顾。

此时，院内椰子树下的一张桌子旁有人打架。爱看热闹的人蓦地围成一道人墙。只见一个金发女郎和一个灰发女郎扭作一团。那位看来惹起两个女人争斗的放荡的好色之徒，是个生有一副美髯的老年男人，

1 原文为 colombine，法语，指意大利古典喜剧中聪明伶俐的侍女角色。

他打扮成小丑，不知所措地转来转去。这会儿，一个浑身黑衣的肥硕的中年女子过来劝架。她命令男人们分别将两个女人拉回休息室，看来她对自己所起的作用十分满意，当着众人的面，悠然地在胸前画着十字，离开现场。对于当地的人来说，不过是难得观看一次真正的斗殴，而之于我，倒是荣幸地看到一出意大利喜剧。

*

狂欢节的最后一夜，如此永远跳不完的舞，还要依依难舍地继续跳下去。但是，最后的舞会开始前，民众还是能够看到等待已久的山车行列通过街道。主要路线是从瓦加斯总统大街起始，沿着里约布兰科大道走到底，然后原路返回。我很想弄清这种活动的端绪，但那些山车上全是半裸女子的美国式展示，要么歌颂巴西产业界的繁荣，进行一番说教，要么就是极尽讽刺之能事。

有一种名曰“驶往卡夏阿斯”的山车，乘坐着手捧机关枪和令人震惊的武器的男人们。这是讽刺国会议员卡夏阿斯的，因为他豢养暴力团，经常唆使他们暗杀政敌。尽管他的恶行广为人知，但他巧于周旋，从未被送上法庭审判。

山车的贡献者有三种类型。一是市政当局，一是大公司宣传者，一是一部分著名的狂欢节俱乐部。这些俱乐部是专为每年狂欢节而存在的著名俱乐部，会员们缴纳的会费，除了日常事务之外，一大半用于狂欢节舞会和山车的赞助上。与俱乐部赞助相关的一些山车非常漂亮，有极其奢华的古埃及大船山车，以及孩子们扮小鸡的巨型鸡山车。

穆尼西帕尔剧院前，挤满看热闹的群众。街道上也都是人，山车前要是没有马队和摩托车开道，杂沓的人流是不容易冲开的。人们争先恐后向坐在山车上的女皇和侍女抛撒纸花和彩带。与此同时，广场的游览船模型内，黑人乐队用心奏起音乐，对面的街道上陆续走过一团团跳桑巴舞的人群。调皮的孩子们慌忙朝着装扮成印第安人和奇佳内的情侣们的衣领喷洒香水。平素禁止进入的草坪，现在任人践踏。由于灯火大放光明，散乱的纸屑看上去分外显眼，酿制出一种搅扰不安的气氛。

*

我没有去过的舞会，其中有最豪奢的穆尼西帕尔剧院舞会和妓女麇集的地下俱乐部舞会。后者是好色的绅士们同情人幽会之处，借用日本古代俗语，堪称上演着不折不扣的“男女交欢”的闹剧。

*

二十七日，狂欢节已经告终。按惯例，商店和办事处从正午开始上班。

那天到街上一看，很少留下什么奇妙的印象。除了巨大的模型尚未拆除，街上的各个角落尽皆回到五日前的旧态。尽管里约的夏天酷热难耐，然而遵照半欧风半殖民地的习惯，男人必须穿上衣，系领带。今天，街上不见一位浪荡之士，男人一律系领带，典雅女子走起路来一副规规矩矩的样子。一想到这些男女昨夜还在装扮成印第安人或当地土著妇女，半裸着身子狂舞乱跳，不禁哑然失笑。

深知此种效果的居心不良的警察，将那些在狂欢节期间被拘留起来的醉汉和暴徒，于节日最后一天圣灰星期三——二十七日中午全部释放。

一些坏心眼的家伙，不肯放过这个机会，自己及早换上寻常衣服，赶在正午之前来到警察局门口等着。不一会儿，那些满脸胡子的丑角和斗牛士，于光天化日之下，颓然地被推出来，群众捧腹大笑，对他们指指点点，投以恶言秽语。一旦有人还嘴，必然招来更大的嘲笑，因而大都隐身噤声，急匆匆从人缝里钻出来，抄近路跑回家去。

欧洲纪行

在日内瓦的几个小时

三月二日

从飞机上观赏阿尔卑斯山壮丽的景色之后，我进入瑞士，在日内瓦待了好几个小时。

经苏黎世飞往巴黎的飞机，因受天气影响而停在日内瓦。但礼拜天的日内瓦是个大晴天。自湿度很高的南美夏季，一下子投入阿尔卑斯山脉澄明的早春，简直就像情欲高潮过后，形而上学的世界又回到了身边。

走在午前打扫得干干净净的日内瓦街道上的时候，我面前回忆起各种久已未见的世界，令人眼花缭乱。事实上，在那南半球光耀的国度，可以说未曾停驻过任何一个抽象的存在。尼迈耶的超现代建筑一旦置于南美风土之中，建筑学的几何学本质就被隐蔽起来。仅仅存留的形态，看起来仿佛代表着巨大的风土美，亦即巴西大自然所持有的形形色色怪物般的巨大的美。

因为碰上星期天，商店大都不营业。明亮的玻璃窗内，悬挂着众多的钟表，有的准时走动着。看到这些，我总是感觉这个国家著名的钟表工业，类似一种抽象的作业的堆积物。

行人都戴着手套。但是我的手套装在外套口袋里寄回日本了，因而手指多少有些僵直。我沿着中央停车场前的大道，向下走了会儿，渡过注入日内瓦湖的罗讷河上的桥，坐在河中小岛卢梭岛的长椅上休息。

小岛周围放养许多水鸟，有天鹅，有黑鸟，有野鸭，有水鸡。一列天鹅悠悠游弋，众多的鸽子从它们的头顶上掠过。鸽子们在桥上到处溜达，有人走近也不害怕。

我俯视河面，为河水的明净而深感惊奇。这种水透明的结晶般的光辉，很久没有看到过了。

河水、空气，尽皆弥漫着抽象的气息。一切都那么纯正、准确，甚至连一排排建筑物的轮廓也显得无比精细。大街的对面可以看到戴雪的连峰，可以想象，晴朗的天空和群山的境界，也仿佛隐藏着一丝不苟的棱线。

……我眼前的草丛中，飞来两三只麻雀，嘴里衔着长长的虫子，脑袋摇来摇去，极力想把虫子甩掉。一只飞起来了，另外一只也慌慌张张飞走了。那体形大小，和日本的麻雀完全一样。

叫卖气球的小贩从对岸俱乐部楼前经过。俱乐部里走出两位老绅士，他们结束了上午的交谈，脱帽告别，各奔东西。

我离开椅子，打算找一家有暖气设备的咖啡馆。因为寒气渐渐沁入肌骨。

五六个男青年背倚栏杆观看河中水鸟游动。他们背后的长椅上放着粗朴的行囊和黄褐色的小帆布包等，看来他们今天是去爬雪山的。

巴黎

麦德拉诺杂技团

三月三日至四月十八日

星期日晚间的麦德拉诺杂技，因为是夜场，孩子们很少。

每次观看马戏，我都能获得一次教益，仿佛告诉我：只要不失去平衡，不论冒多大的危险，都是安全的。还有，不论多么难以实现的事情中，都俨然包蕴某种平衡。

比起肉体的危险，我们每每要冒精神的危险。那时，我们能像杂技演员那样坚持平衡吗？杂技演员从钢丝上掉下来，盘子从头顶掉下来，我们如实看到他们因疏忽而冒犯肉体的平衡，但我们却不能如实看到自己精神的平衡，这种危险繁多又严重。

杂技演员向观众展示自己所追求的肉体的极限。然而，他们知道哪里是临界线，并及时返回，含笑答谢观众的喝彩。他们绝不跨越人的极限。但是有时候，我们的精神一边冒着与杂技演员同样的危险，一边毫不知情地轻易跨越人的极限。

思维能否超越人本身，这是个困难的问题。能够超越这一假定，创造了宗教，产生了哲学。但宗教家和哲学家，或许是在正气的范围内，不自觉地保持着杂技演员的智慧。

平衡破坏之时，失坠已经开始。精神坠落于杂技场圆形的舞台，或许已经断气，但其间肉体却照样持续下去，人们肯定不会相信他已死去。

疯癫和濒死的艺术家的作品之所以更加平静，正是因为追求的平衡接近极限状态的缘故。因此，这时的平衡比寻常更加明显。例如，我们步行时并未意识到平衡，而在走钢丝时就不能不意识到，两者是相同的道理。

今晚，我没看到走钢丝，却看到如下一些节目：有人用嘴巴顶起叠在一起的十五张椅子；有人被同伴用牙咬着，吊在半空似电扇一般旋转着身子；有人额头上叠放十多个烛台，再向上面扔蜡烛；还有人用一只手托起一位直立的女演员。

最有趣的是海狮表演。记得幼年时代我曾看过一次哈根贝克马戏团[1]的演出。海狮用鼻尖将皮球抛向空中，另一只海狮用鼻尖将抛起的皮球稳稳接住。有的海狮宛若奥运选手，鼻尖上顶着火把登上桌子。有的海狮鼻尖顶着大皮球，倒立着身子。其中有一只技术稍差的海狮，轮到别的伙伴表演时自己却跑出来，轮到自己上场时则表演失败，而当看到同伴完成难度很高的动作时，便扭动身子，率先扇动两鳍鼓掌。

海狮的身体散发着暗褐色的光泽，富于无可比拟的柔软性。当它用鼻尖顶着皮球上下台阶时，为了扭着身体保持平衡，可以透过那薄薄的皮肤，清晰地观察到肌肉灵活的运动。适合于保持平衡的精神，必须具有海狮身体那种柔软的特性。

杂技演员们努力训练，以求使自己的身体接近水陆两栖动物奇异的灵活性，但可悲的是，人的肉体和精神并非单为这种危险的均衡而活着。杂技演员只是一门职业，全场观众不吝赞叹和拍手，但并非人人

---

1 卡尔·哈根贝克（Karl Hagenbeck，1844—1913），德国驯兽师。1907 年于汉堡开设野生动物园，组建马戏团，自任团长。

都羡慕杂技演员，或者想当个杂技演员才来观看表演的。

我们的精神，如果只为保持这种危险的平衡而进行训练，到头来则有堕入职业性的危险。训练要求纯熟，但纯熟有时为技术所束缚，这是自然的。不仅如此，我们有别于海狮的体内，总是存在着肉体和精神的对立，一方一旦过度生长，另一方必然变得萎弱。

危险使我们的精神走向平衡，但不能是预料到的危险。反复的危险虽然同样是危险，但终究会变成抽象的危险。那危险，这危险，现在的危险，下次的危险，其后还会编织出一种抽象的危险。但是，我们活生生的精神将会遇到的危险，应该是具体的危险。

肉体和精神，恰似男女有别。肉体维护我们的身子，假如没有精神异常的影响，就不会主动奔赴危险。肉体保护我们避免病菌和受伤，一旦遭到侵犯，就会借助抗毒素、疼痛和发热，进行警戒和抵抗。

然而，精神有时会自动趋向疾病和危险。其原因是，精神有时出于必须显示其存在的理由，有时会有被迫招致危机的必要。否则，我们的精神或许不会顽强地信任自己的存在。事情很奇妙，但却是事实。或者可以说这是精神的本质，精神不像肉体那样存在，因为精神因怀疑自己的存在而产生，或许这就是常态。

但是，这种常态一旦永远持续下去，精神就会试图以相反的力量，以证明自我存在的力量保持平衡。精神需要富于活力的危机、具体的危机。面对此种情况，精神为保持平衡而趋于白热化。此时，精神进一步显现出来，其存在的理由更加明确。精神于瞬间危机中获得了自信。

好危险！实际上这一瞬间，正是自由而富于活力的精神真正的危机。在这种瞬间继续保持平衡，才是精神真正的机能，才能证明精神真正的存在。

——马戏团是肉体危险的展示。但马戏演出和供人观赏，宛若精神的要求，而动物不具此种要求，所以既不喜欢危险的体育，观看同伴表演危险时也不会有快感。

我还看到在驭者的驱使下，跳华尔兹和伦巴舞的马。那马似乎一点都不想跳舞。

爱逗乐的丑角表演的幕间小品很有趣。其中一人摘下高顶帽子，头发上系着红带子；一人被主子斥骂，慌乱中逃进大铜号里躲起来。

有个节目是狮子和老虎跳着钻圈。这种猛兽杂技是在绿色的圆形铁笼里表演的。当那位扔掉皮鞭的年老的驯兽师慢慢走向剩下的最后一只老虎时，那训练有素而富有义气的老虎，或许慑于驯兽师胸前闪闪发光的勋章，一步步灵巧地向后退缩。

枫丹白露郊游

巴黎的春天姗姗来迟。三月上旬倒是暖和，而从下旬起，气温回落，前天一时下起雪来。下雪前后异常寒冷。

搬来帕西翁两周以来，很少见到晴天。难得一两日是晴天，但一到下午，要么转阴，要么反而成为严寒的前奏。即便如此寒冷的晴天，整个冬季公园的草地总是不失鲜绿，云彩也保持夏云那样的形态，两者给人一种异样的对照。一看到草地暖融融的绿色，我就怀疑，这寒冷莫非仅仅属于我一人所有？

今日礼拜天，我们应驻外办事处S先生邀请，开车去枫丹白露兜风。

S先生的家属有他夫人以及幼小的女儿和襁褓中的儿子。我所说的“我们”，是指同样逗留于帕西翁的木下惠介[1]先生和我两个。

春寒料峭的阴霾的早晨，虽说不像要下雨的样子，但也寻不到一线蓝天。我对这样的巴黎十分厌倦。尤其是帕西翁一带，寂寞的小市民住宅区，向窗外一看，全是些身穿同样的黑衣、弓腰走路的老太太，以及推着婴儿车出外购物的女人。我在工作间隙，一边眺望阴沉的天空和干枯的街树，还有那些从同一高层楼前走过的妇女，一边作如是想：“这里只能看到婴儿和老人，难道婴儿一下子就变成老人了吗？”

1 木下惠介（1912—1998），日本著名电影导演，其作品多数反映平民生活与感情。代表作有日本第一部彩色电影《卡门归乡》以及《二十四只眼睛》《楢山节考》等。

不过，树木似乎并非因为阳光，而是遵循某种因习，稍稍不安地发芽了。沿塞纳河前行，河水看来依然寒凉，但以阴霾的天空为背景，可以窥见两岸的树梢添加了些微的淡绿。

今早郊游的路上依旧如此，我们在各地住宅小区围墙内外，看到鲜花盛开的桃树。比起日本的桃树，看起来好似樱花。

从巴黎向东南行，穿过几座小城镇。在里索朗吉一带，看到一条狗在粗鄙而厚实的石墙上行走，猫在一旁注视着，看来也想走一趟。

载着家人快速驶往枫丹白露的车子越来越多。不仅有汽车，还有一些摩托车，丈夫驾驶，妻子在后紧抱他的腰。夫妇皆着皮上衣，头戴铁盔似的帽子，架着风镜。最勇敢者当数夫妇两人之间还塞进个孩子，照样一路风驰电掣。瞧那一副紧张的样子，看来在未到达快乐之旅的目的地之前，就累得动弹不得了。

汽车从路上酷似木兰花林荫道的穹隆下边穿过，据说到了绿色时节，这条路就变成碧茵茵的隧道。

不一会儿，我们进入枫丹白露的森林。与其说森林，毋宁说是一望无际的大树林。秋天的景色比早春更加美丽。树干上长满青青的苔藓，地面覆盖着落叶。法国的冬天风少，树木下部的枝条大都残留着去年的红叶。平视过去，茶褐色的叶子一直延续到森林深处。更高的树枝上则不留一片残叶。

巨石从各处的落叶下面露出肩头，那景象就像日本庭园。来到树林一角，到达堪称那些巨石的发源地之处。林内各处挺秀的丘陵，原来都是石头。这些未加雕琢的巨石聚集起来构成丘陵，除却石头和生长在裂缝内的松树之外别无一物。没有任何东西覆盖在石头上。孩子们时常用鹅卵石堆积小山，那些丘陵就像放大的小山的形状。究竟是按照地质学上哪种因素形成的呢？

登上一块巨石远望，只见对面相同的石山从森林里悄然挺立。石头的颜色是荒凉的灰白色，不过远看起来，那种荒凉之感变得柔和了，看起来犹如斑驳的残雪。

我们坐在一块巨石后面，打开饭盒，葡萄酒和奶酪，吃得十分香甜。

这时，林子里蓦地传来欢快的笑声，团体旅游的小学生分乘几辆大巴到来了。树林间隐约看到他们互相追逐奔跑的身影。孩子们穿的半截裤中露出的膝头，洁白而挺拔，显得非常健美。

我们夹杂在各国乡民之间，参观了枫丹白露宫。关于这方面内容，我尤其不想写下去。姑且让我贴附几枚彩色明信片，作为空白处理吧。

归途，鲜绿的麦田一旁，每隔一百米就接连站立着两三个人，他们手捧黄水仙花束，向着疾驰而过的汽车呼喊。车内的人急于回家，都不愿停车购买。买花人多半是骑自行车的青年男女。他们双双合乘的车上，前后分别绑着两三束黄水仙，急急赶往巴黎。有些花束摇摇晃晃掉在地上，花茎淡绿的切口，一齐朝向傍晚的天空。共乘一车的健壮的骑手，时不时超越了汽车。

我们进入巴黎的时候，七点钟天还大亮，而巴黎已经华灯初上了。从尚未见到暮色的地方，回到灯火明丽的都市，我们感到一种悲凉的喜悦。这种喜悦，是唯有在都市长大的人所能感觉到的喜悦之一种。

伦敦和吉尔福德

四月十九日至二十三日

我又成了繁忙的旅人。离开沉寂于巴黎一隅的帕西翁，又开始了另一类生活，乘飞机、换外币、不绝的担心，旅馆内热闹的大厅、剧场、电梯、约会……这样的生活，对于现在的我来说，如同刚刚离开日本踏上旅途，具有一种新鲜的感受。

我不喜欢巴黎。因为一桩盗窃案不仅使我待在巴黎长达一个半月之久，而且在巴黎诸多琐事弄得我身心交瘁。我想尽快逃出巴黎。最后的晚上，朋友木下惠介先生和黛敏郎[1]先生陪我去格伊特歌剧院，观看弗朗茨·莱哈尔的轻歌剧《微笑之国》。对这出轻歌剧一无所知的我，只是希望凭借《微笑之国》这一名称，修饰一下对法兰西最后的印象。然而，那个所谓“微笑之国”，既不是法兰西，也不是奥地利。故事情节是一位奥地利小姐为追寻情夫而探访王子的故

1　黛敏郎（1929—1997），日本战后古典音乐、现代音乐界代表人物。

乡中国，然而，她对那里的一夫多妻制感到失望，再次回到奥地利。同时，王子的妹妹美爱上了奥地利军官，可是那位军官也回故国了。兄妹二人各自都失去了所爱的人。这时候，哥哥唱起歌来，歌词大意是，我们住在微笑之国，不论心里如何悲伤，脸上总是布满微笑。妹妹啊，笑一笑，笑一笑。

礼拜天下午，将旅客从机场运往肯辛顿车站的班车，通过伦敦美丽的郊外。游客们只能凭主观观赏所有的风景。出于逃离可厌的巴黎的喜悦，我看到郊区住宅美丽的草地，小公园闪光的池水，山樱树上缀满酷似日本的含有褐色光泽、发人怀想的绿叶，以及鄙俗的红花，感到美艳无比。

我在美式风格的新装修的万豪皇家酒店预订了房间。那家酒店和大理石拱门以及海德公园毗邻。打开窗户，眼下就是幼年时代经常在彩色明信片上看到的牛津街，当时路面来回行驶着红色的双层公共汽车。

早晨的海德公园，树林深处烟雾迷蒙。一队近卫骑兵戴着光闪闪的大红穗子的黄金头盔，神情肃穆地从那里经过。

在特拉法尔加广场上，我看到三越百货店狮子的本家。四头狮子蹲踞于台座之上，护卫飞沫高扬的喷水。它们的体躯大过三越狮子两倍，满含忧郁地沉默不语。狮子之所以比老虎伟大，多半不是因为有力气，而是来自它的忧郁。我看了本杰明·布里顿的歌剧新作《比利·巴德》，莎士比亚的喜剧《无事生非》。《比利·巴德》是根据梅尔维尔[1]小说改编的歌剧，充满大洋般的黑暗的思想，同在纽约观看的《莎乐美》以及在巴黎观看的斯茨特·葛尔特歌剧团演出的《特里斯坦》等一起，都是最合我口味的歌剧。

英国剧场有个习惯，开演前及终场后，全体起立，奏国歌。根据施尼茨勒[2]原作《轮舞》改编的法国色情电影放完之后，还有音乐舞蹈剧演出结束，裸体舞女谢幕之后，尽皆如此。英国人喜欢的主要是喜剧，

---

1 赫尔曼·梅尔维尔（Herman Melville，1819—1891），美国小说家、散文家和诗人。代表作有长篇小说《白鲸》等。

2 阿图尔·施尼茨勒（Arthur Schnitzler，1862—1931），奥地利小说家、剧作家。主要作品有剧本《阿纳托尔》《轮舞》，小说《埃尔泽小姐》等。

但要想使欧洲大陆周期性流行的“不安”，同样在喜欢喜剧和国歌的国民之间流行起来，却不是那么容易的事。

*

不管哪个国家，比起首都的威荣，我更爱小城市。我请《朝日新闻》的椎野先生一起，乘公共汽车前往萨里的小城市吉尔福德。

沿途的郊外，春季变幻无常的天空底下，英国的原野展现着各种各样的姿态。刚才还是晴日，转眼间下起雨来。雨晴后的天空格外美丽，飘浮着鲜艳的云朵，使我想起在巴黎印象主义美术馆看到的西斯莱[1]笔下的云。

到处可以看见牧场。雪白的母绵羊身后，羊羔们小跑着紧紧相随。有的羊羔像黑兔，有的羊羔只有四只蹄子是黑的。开着黄花的灌木丛丛相聚，随处可

---

1 西斯莱（Alfred Sisley，1839—1899），法国画家。主要画风景画，曾多次参加印象主义绘画展览。

见，看样子是石楠花吧。

吉尔福德市内的小剧场，伦敦的一个剧团在这里巡回演出，剧目是艾略特的《鸡尾酒会》。招牌上画着报晓的红公鸡的酒场，古风的咖啡馆，贩卖唱片的商店……这些街道谈不上什么特色。

我们登上陡坡抵达市中心，钻入一座挂着“狗与自行车禁止入内”的古雅建筑。幸好我既不是狗，也不是自行车。一看，大字写着 Hospital of the Blessed Trinity。我对 hospital 的含义不清楚，除了“医院”的意思外，还含有什么别的古义呢？我不知道。然而，这家“圣三位一体医院”，实在不像正式的医院。铭牌上写着：坎特伯雷大主教乔治·艾伯特一六一九年创立。

升斗形的建筑物围绕着面积约三百六十平方米的院子，寂静无声。院中的草坪被中央通道一分为二，两边的草坪各自点缀着一圈鲜丽的郁金香。标有“一六一九年创立”的铭牌上方，镶嵌着一只古旧的大钟。只有这只大钟，和毫无人气的庭院的时空格格不入。这只大钟英国式地忠实地指示着外界的时刻，眼下所显现的时刻，同我的美国制造的新款手表分秒不差。

这家病院看不到一个身穿白大褂的门诊医生和护士，也闻不到消毒液的气味，只有些微的霉味和雨后草地的馨香。抬头仰望，天空正巧被切割成四边形，显现着观看天棚画的情趣。云彩分布于适当的位置，其间是澄明的蓝天，光线静谧。屋顶两两并排的烟囱一旁，一对鸽子在散步。

这时，二楼窗户的反光微微晃动。看样子，窗户都是倾斜的格子，厚厚的玻璃好似黑色的铁板。窗户稍稍闪了下光，其中一扇闪开一道缝。我抬头一看，不见人影，窗边放着琉璃色的花瓶和插在瓶内的一朵郁金香，那金黄的颜色显得颇为神秘。

离开圣三位一体医院，走过两三户人家，我们看见这座城镇的著名文物——一只四方形的大钟，安装在市议会兼法院的古老的大楼上，从屋檐下凸露出来，架设在柏油路上空。其外形很像大座钟，黑底，金字盘，刻着“一六八三年”的字样。这只钟表同样准确地指示着和我手表一致的时间。这倒使我一时迷惑起来，我怀疑我的手表是否指示着十七世纪某个星期三下午的时刻。

我们打算从那里穿过马路，将视线蓦地转向坡下，看到一幕奇异的风景。

吉尔福德大街一直顺着斜坡下行，斜坡尽头连着郊外，进而又是一段上坡路。就是说，从眼下我们所在的地方——城镇的顶点眺望那边，犹如隔着峡谷眺望对面的山峰。

或许因为雨后，空气格外澄明，风景似乎忘记了远近法的法则。峡谷对面的斜坡看上去仿佛失去立体感，好像一幅屏风画，又像欺瞒观众眼睛的失败的舞台背景。

峡谷间最高的当数教堂上矗立的尖塔。再向上，暗红色形状相同的住宅屋顶和两根相同的烟囱重重叠叠，直达连接天空的森林下边。左侧是古风的工厂和散布的住宅，这些郊外的建筑群将风景大体上分成斜斜的两部分。

右侧有森林，森林上方，圆形淡绿的原野显露出一角。那正是以细竹镶边的森林地平线，同雨后乱云飞渡的闪着光辉、高渺的天空连成一体。

我们在来往车辆稀少的路面上伫立良久，观看了一会儿。我觉得，那风景直至细微之处，都在模仿中世纪微型绘画的手法。

雅典和德尔斐

雅典

四月二十四日至二十六日

希腊是我眷恋的地方。

当飞机由伊奥尼亚海到达科林斯运河上空的时候，落日映照着希腊的群山，西边天上出现了金光闪烁的甲胄般的夕云。我呼唤着希腊的名字。这名字曾经将出于红粉阵中不能自拔的拜伦引向战场[1]，孕育了希腊“厌世者”荷尔德林的诗思，赋予司汤达小说《阿尔芒丝》中的人物迈上决死之路的勇气。

1　英国浪漫主义诗人拜伦 1823 年曾投入希腊民族独立战争，次年病逝于希腊的米索朗基。

透过从机场驶向城里的汽车窗户，我看到了夜间灯火辉耀下的雅典卫城。

如今，我就在希腊。我陶醉于无上的幸福之中，尽管由于饭店预订迟了，只能下榻于脏污的三流旅馆；尽管由于通货膨胀，一流商店的食品要花七万德拉克马；尽管这座城市或许只是孤独地住着我一个日本人；尽管我不懂一句希腊语，连商店招牌都不认得。

我放任自己的笔自由欢跳。我今日终于看到了雅典卫城！看到了帕台农！看到了宙斯神庙！在巴黎时处于经济拮据的窘境里，我几乎就要放弃希腊之行了。那时，这些地方经常出现在我的梦境里。鉴于此，这里请允许我让我的笔自由欢跳一些时候吧。天空绝妙的蓝色对于废墟是必不可少的。如果帕台农的圆柱之间不是这样的蓝天，而是北欧阴霾的天空，那效果恐怕就会减半。正因为效果显著，这蓝天似乎是专为废墟配备。这残酷的蓝色的静谧，仿佛预见了神庙被土耳其军队破坏的命运。这样的想象不是没有理由的，例如，你可以看看酒神剧场，索福克勒斯和欧里庇得斯的悲剧经常在这里演出。同样的蓝天默然守望着这

些悲剧的毁灭之争 (vernichterkampf)。

作为废墟，比起雅典卫城来，宙斯神庙更美。这里只剩下十五根柱子，其中两根孤立地站在一旁。中心部分和这两根柱子的距离约有五十米。这是两根孤立的圆柱。其余十三根支撑着残存的屋顶。这两部分的对比，成为非左右对称的美的极限。我不由得想起龙安寺石庭[1]的配置来。

可以毫不夸张地说，我在巴黎看厌了左右对称的东西。不用说建筑物了，即使是政治、文学、音乐、戏曲诸方面，法国人所喜爱的节度和方法论的意识性（不知能否这样说）等一切方面，都以左右对称而引以为自豪。其结果，在巴黎“节度的过剩”沉重地压抑着旅游者的心胸。

法兰西文化“方法”的先师就是希腊。希腊，现在就在我的眼前，在这片残酷的蓝天之下，横卧着废墟的姿影。而且，建筑师的方法和意识被改变了形状，旅游者不必特意想象其原形如何，只管从这里寻找废

1 庭院中用碎石子铺成枯山水风景，以龙安寺石庭最为有名。

墟之美好了。

奥林匹亚的非均衡之美，并非出自艺术家的意识。

但是，龙安寺石庭的非均衡，却最大限度地表达了艺术家的意识。将其称作意识，不如叫执拗的直感更正确。日本的艺术家未曾依赖过方法。他们考虑的美不是普遍意义的，而是唯一的，其结果在无法动摇这一点上，和西欧的美没有什么不同，但产生这种结果的努力与其说是方法的，不如说是行动的。就是说，执拗的直感的锻炼和难以忍受的试验，这就是一切。单凭各种行动就能捕捉到的美是不可敷衍的，也是不可抽象化的，日本的美或许是某种更为具体的东西。

这种直感所寻求到的究极的美的姿影，和废墟的美是相似的，这是很奇怪的事。艺术家所怀抱的形象总是关联着创造，同时也关联着毁灭。艺术家不仅从事创造，也从事破坏。这种创造时常产生于毁灭的预感之中。当他描画究极形式中的美时，这种被描画着的美的完整性，往往是与破坏相对的完整，是为了对抗破坏而模仿破坏的完整。于是创造几乎失去了形体。为什么呢？不死之神创造可死的生物时，以鸟的美丽歌声和鸟的肉体一起消亡而获得满足，而艺术家创造同样的歌声时，为了保留这歌声直到鸟死之后，并不创造可死的鸟的肉体，而一定是创造一种眼不可见的不死鸟。这就是音乐，音乐之美起始于形象的死亡。

希腊人相信美的不死。他们将完整的人体之美雕刻在石头上。日本人是不是相信美的不死，还是个疑问，他们认为具体的美总有一日会像肉体一样消灭，所以总模拟死的空寂的形象。石庭的不均衡之美，似乎暗示着死亡本身的不死。

奥林匹亚废墟之美是什么类型的美呢？这废墟和断片之所以依然是美的，也许在于整体结构源于左右相对称的方法这一点上。断片容易使人窥见失却部分的构图。不论是帕台农，还是厄瑞克忒翁神庙，当我们想象失却部分的时候，不是根据直感，而是根据推理。这种想象的喜悦，比起所谓空想的诗歌来，更是悟性的陶醉。当看到这一点时我们的感动，就是看见普遍的形骸的感动。

而且，我们对于可见的一切原型本身的感动，远不如废墟所给予的感动，其理由还不仅仅因为这些。希腊人思考出的美的方法是对生的重新组合，是对自然的重新组合。保罗·瓦莱里说："秩序是伟大的反自然的企划。"废墟偶然地将希腊人思考的不死之美从希腊人自身的羁绊中解放出来了。

我们在雅典卫城的各个地方都可以感受到希腊的风吹遍了希腊的群山——东方的利卡贝托山，北方的帕尔纳索斯山，吹遍了眼前的萨罗尼克湾和萨拉米斯岛。我们感到仿佛有一双搏击长空的羽翼。(这就是希腊的风！吹打着我的面颊，吹打着我的耳朵的风呵！)

这些羽翼生长在废墟失却的部分上。残留的废墟是石头。人们从失却的部分获得了羽翼，人们正是从这里起飞。逃脱羁绊的生命获得了众人不死的看不见的肉体，我们从雅典卫城的蓝天中，看见这些生命在飞翔。大理石间开放着鲜红的罂粟花，野生的麦苗和芒草在风中摇曳。这种小神殿的胜利女神没有羽翼不是偶然的。这座木造的没有羽翼的胜利女神消失了，就是说，她获得了羽翼。

不光是雅典卫城，即使看看宙斯神庙的圆柱，还有那令人神伤的圆柱的站姿，我仿佛看到了被解放的普罗米修斯。这里虽不是高台，但废墟的周围是一片绿地，看上去神殿的大理石越发鲜明、生动。

今天我又沉醉于无尽的酩酊之中。我仿佛受到了酒神的诱惑。早晨的两小时，我是在酒神剧场的大理石空席上度过的。午后的一小时，我伸展双腿坐在草地上，凝神眺望宙斯神庙的圆柱群。

今日，又是绝妙的蓝天，绝妙的风，热烈的光线……是的，希腊的阳光超越了温和之度，过于裸露、过于火热了。我衷心热爱这阳光和风。我之所以讨厌巴黎，不喜欢印象主义，全是因为那里的温和而适度的阳光。

这是亚热带的阳光。现在，雅典卫城的外壁上遍生着仙人掌，眼前，不见一个游人身影的酒神剧场的观众席显得更加崇高，松树、丝杉、仙人掌以及黄色的禾本科植物，正如观众一般安静地俯视着空白的舞台。

我看到身影掠过半圆舞台的小燕子，那是阿那克里翁[1]歌颂过的燕子。这群燕子翻转着白色的腹部，反反复复飞过酒神剧场和音乐剧场的上空，每座小屋今天都休息，它们一边大声鸣叫，一边不停地盘旋。

我在酒神祭司的座席上坐下来，倾听虫鸣。不知是什么原因，从刚才起就有一个十二三岁的希腊少年紧紧跟着我，不肯离去。他想要钱吗？还是想要我吸的英国香烟？或者想教给我古代希腊少年爱好的习惯？这些，我已经知道了。

希腊人相信外面，这是伟大的思想。基督教发明“精神”之前，人们并不需要什么“精神”，只是矜持地生活着。希腊人考虑的内里，总是和外面保持着左右相称。希腊戏剧中，没有一部是表现基督教所主张的那种精神的。可以说，过剩的内里一定会穷尽于接受复仇教训的反复之中。我们不可将上演希腊戏剧和举办奥林匹克比赛分割开来考虑。在这火炽的阳

1 古希腊宫廷诗人，其诗作多是歌颂醇酒和爱情。

光下，一想起那种不断的跃动和静止，不断的破坏和保存，运动员筋肉般的泛神论的均衡，就使我感到幸福。

酒神剧场只残存着蹲踞的酒神雕像和周围作为装饰品的浮雕画。剧场背面，我看到采石场上堆积着石头，四处散乱地放着衣服襞褶的断片、圆柱的断片和裸体的断片，仿佛刚刚经受过一场惨祸。我不断更换着座席，在这里度过了几乎等于一幕悲剧演出所需的时间。祭司席，民众席，不管从哪里一定可以透过假面，清晰听到希腊戏剧的台词，真切看到演员的姿态伴随鲜明的影像在运动。如今，一个手拿照相机的英国海军士官出现在舞台的半圆上，因此，舞台的规模和演员身高的比例很容易被目测出来。

为了再度访问奥林匹亚，我由雅典卫城开始在宽阔的人行道上走了好一阵子。领带翻卷到我的肩膀上，一位交肩而过的老绅士的白发被风吹乱了。

我发现了一个观察宙斯神庙最好的地方。我坐在十三根柱子和两根柱子之间的草地上，像眺望军队的纵队一样，望着十三根柱子。

中央的六根，右边的四根，左边的三根各成一束，准确地将透过神庙可以望见的蓝天分成两部分。中央的六根最具量感，右边的四根和左边的三根各自以不均衡的稍显不足的量感向中间迫近。中央最前边的圆柱连带着背后五根看上去凛然矗立，气势非凡。

神庙的左右，以希腊城镇的远景为背景，生长着两三棵丝杉，透过神庙可见的天空由上至下四分之三的位置上，褐色的连山横切过圆柱向远方绵延，占据着剩下四分之三的是那绝妙的蓝天。从这一位置看到的神庙，几乎就是一首诗。

在这里呆然眺望一个多小时，我站起身来。这肯定是一个晚潮上涨的大好时间。正在这时，旅游车到了，原来由我一个人独占的诗的领域，一批批涌来了吵吵嚷嚷的观光客。

看到他们的身影，我更加感到忧愁。因为没有其他更为方便的地方，明天我也只能成为旅游团中的一员，乘汽车去德尔斐。

德尔斐

四月二十七日至二十八日

前往德尔斐的途中。

对团体游览的畏惧，真是杞人忧天。早晨七时，公共汽车自夏多布里昂大街二十九号出发，车上几乎全是希腊人，和我一样买了住上一宿的票前往德尔斐的，只有一位来自纽约的老人，一位来巴黎求学的美国姑娘以及她的法国朋友。这位法国姑娘是法国人中极少见的，她不施粉脂，是化学实验室里埋头钻研的女子，光脚穿运动鞋，肩头挂着装有换洗衣服和地图的小网袋。

去德尔斐有五六个小时的行程。出发不久，由于发动机出故障，结果花费了十个小时。尽管车子出了好几次故障，但还是执拗地向前跑动，最后每走十米至二十米就要停下来一次。虽然没有太陡的斜坡，但每停下来就不住向后滑动。留着小胡子的司机助手懒洋洋地下车，搬来大石块塞在车轮后头，防止下滑。这种原始的方法，反反复复，没完没了。之后，不知何故，发动机重新发起威来，于薄暮冥冥中抵达德尔斐。鉴于翌日一早就要离开此地，我们赶在天黑前，匆匆游览一番。

汽车离开雅典走了一会儿，只见山腹描画的皇冠下边写着 K、E、B、O、N。我不知道是什么意思。为了向读者诸君传达我所见到的希腊自然的概况，只能请你们想象一下日本河滩上众多的石头。耕地很少，尽是些石头遍地的荒原、牧场。远方只能看到坡度缓缓的赤褐色的山峦。论起色彩，随处都是罂粟田以及石缝里盛开的黄、白、红、紫的野生小花。至于绿色，除了松树以及同雅典娜有缘的树——橄榄树之外，看不到多少鲜艳的绿色。松树到处都有，大都是又粗又矮的松树。

河流多半都干涸了，看不到丰沛、清冽的河水。不时看到黑色的山羊躺卧在石缝之间或黄菊丛中。有些地方，布满白色岩石的山脚下边，聚集着黑山羊，犹如大群的乌鸦。

民居围绕着低矮的土墙或石墙。土墙的房子多是白色或淡蓝色，有的只是门口周围涂上桃红色。低矮的屋顶，门内放着椅子的黑暗的房间，一切都和在巴西看到的民居酷似。有的人家的庭院，晾晒着两三张小动物的毛皮，看来此种牺牲是奉献给商业之神赫尔墨斯的。

汽车停靠的加油站近旁，往往有茶馆。这种地方一般都有泉水，一个系着围裙的孩子在运水。茶馆的前院，有人在露天卖烤肉，不知是牛肉还是羊肉。茶馆里面无数的苍蝇嗡嗡乱飞。

走了约莫三分之二的路程，汽车在莱瓦贾镇停车。我结识了两个幼小的朋友，他们是堂兄弟，同样的姓名，都叫米特罗鲍罗斯，由一方的父亲带领着，也和我乘同一辆车，前往比德尔斐更远的地方旅行，途中住上一夜。他们两个都是十二岁，聪明伶俐，他们不像日本小孩那样讨厌上学。两人都在一所帝国教会学校走读，喜欢打篮球，知道“古桥”[1]这个名字。他们在我的旅游指南简图上填上了山和河的名字。我在他们这个年纪，要让我在日本地图上准确地画上一

1　古桥广之进，二十世纪四十年代日本最出色的游泳选手，最终在罗马去世。

条曲曲折折的利根川[1]，根本没有这样的本事。汽车要出发了，他们朝着车子奔跑，我稍稍迟了一步，他们当中一人回头大喊："Run，please!（请跑！）"多么奇妙而可爱的英语！

从莱瓦贾大街上，可以看到山丘顶端的拜占庭式教堂以及远方戴雪的巍峨的帕尔纳索斯山。那座帕尔纳索斯山山麓，巴依多利亚多斯断崖下就是德尔斐。

过了莱瓦贾，就出现了牧场、蜜蜂的巢箱。黑衣女和肩上搭着黑上衣的男子，沿着远山脚下的小道行走。

车子再也开不动了，停在一个有泉水的地方，旁边是一户房舍低矮的农家。（对了，我想起来了。因为烧焦的发动机需要灌入泉水，车子才能重新启动。）农家室内晦暗，门内放着歪斜的椅子。一位长胡子的农民走出门外，朝这边瞭望。

泉水附近有一座小祠堂，上面竖着十字架，那

1　日本国内第二长、流域面积最大的河流，长度仅次于信浓川。

形状恰似一只鸟巢。这种小祠堂一路上到处都是。汲水的女子头上裹着黑布，手里牵着驴，驴背上驮着巨大的水罐。驴脖子上的铃铛悠然鸣响。

这时，一位牧羊少年回来了。红衬衫的肩头披着宽幅的粗布，手里拿着古老的"？"形的牧羊杆。瞧他那样子，使我想起达夫尼斯[1]的故事。车子突然来了劲，飞跑起来，直奔深山开去，驶过一座仿佛架在半空里的山间小镇阿拉霍瓦。城中心的茶馆阳台上，坐着一些面相质朴的人，脚上穿着脚尖儿镶着黑色毛皮的鞋子，就像日本古代武将的靴子。

从这里再走三四十分钟就到德尔斐了。德尔斐的山谷里有银光闪烁的水。本以为是湖，原来是海湾，海湾对面就是伯罗奔尼撒。我们从海岸而来，绕过几道山峦，又和同一片大海相会。

1　希腊神话中西西里的牧羊美少年，赫尔墨斯和宁芙之爱子。

*

详述德尔斐美术馆众多考古学方面的杰作，非我所任。在这里，不妨谈谈我一直想看的青铜驭者像，畅抒一下我在美术馆内里的一室，与之邂逅时的幸福之情。

这尊众所周知的驭者像失去了左腕，右手握着两根缰绳，看来他是赶着四匹马拉的车。眼下，那青年驾驭着想象中的马匹，青春的面颊布满紧张的表情，双眼圆睁，目光似火。

鼻梁是典型的希腊风格。左右两只眼睛的大小，故意雕塑得有几分不同。棉布遮盖的下半身[1]，比起上半身给人更加修长的感觉。那裸露的双足近乎乱真，使人联想起足背上流通的血管。

这尊雕像之所以使我感动，无疑是因为发现事实的眼睛，同完整的样式显现出罕见的一致。

1　回国后经查证，驭者像的下半身往昔是被马车遮盖了。据此，我的看法是错误的。但美术品也该容许以考察废墟般的目光看待吧。（作者注）

上半身是青年人威武雄健的头颅，两肩和前胸极富变化的华丽的衣褶，伸展的前臂……与此相对，故意加长的下半身，只用单调而端正的衣褶构成，给人带来如同双眼感受优美音乐的感动。在这里，样式和真实实现了完美的统一，全身充满无可名状的明朗的协调。

驭者像的头部，具有与后来大理石雕塑迥然不同的独创性，表现出有别于任何神祇的人间青年素朴的青春。我以为，这副面颜较之阿波罗更加美丽。那里没有丝毫神格的气息，看似倨傲，实际是羞愧；看似好色，实际是散放纯洁的馨香。胜利者的羞涩，光辉闪耀的纯洁……这些真实的表现，是多么深深震撼我们的心胸啊！较之深刻或晦暗的主题，艺术最难表达的正是这种主题。

*

刚才我写到山岳地带内部突然出现的类似湖的水面，原来是海。废墟也时常像海一般表现出来。

阿波罗神庙的废墟，自崖下眺望，犹如杂乱的采石场。沿着山崖，首先有宝物殿，向上有以女祭司代言神谕而著名的阿波罗神庙，再向上有最古老的剧场，再向上有大运动场……所有这些都是难以想象的。沿着易滑的大理石圣路向上攀登，所有一切，都豁然地一一展现在眼前。

从宝物殿登上神庙，失去上半身的罗马女神像，默默不语地坐在一片大理石上，瞪大眼睛看着攀登者们。她不是以失去的眼睛，而是用下半身端丽的衣褶注视着我们。

宝物殿左侧支柱自下边起第五块大理石上，仿佛是胡乱涂抹地雕刻着怀抱竖琴的阿波罗的小幅线描画。

阿波罗神庙三根巨大的圆柱令人想起什么才叫壮大，大理石台座一味白光耀眼地扩展着。看来，牺牲的呼喊反响到圆柱上，那些鲜血定曾美丽地流溢在崭新而白皙的大理石面上。在希腊雕刻中，这种石头总是被用来表现人的肉体，血液和蓝天的颜色十分相似。如今我们所见到的废墟，虽然不缺少蓝天的蓝色，但缺少同鲜血色彩的对照。随处只能依照盛开的罂粟花的殷红去想象它。

透过两根圆柱的空隙俯瞰普雷伊斯特斯河谷，风光难以用言语表达。我们来到位于公路和谷底的正中，从圆柱之间正好可以望见狄安娜神庙和竞技场。矗立于圆形台基上的狄安娜神庙的三根圆柱，其美丽优雅无可比拟。

倘若从阿波罗神庙外面看，狄安娜神庙的美丽就会减色几分，自然的构图全然崩溃，这使我深感惊奇。古代建筑，不是征服自然，而是发现自然。现代高层建筑的废墟，之所以丝毫不能刺激我们的想象力，皆来自相反的缘由。

美国老绅士和女学生，还有法国女化学家以及希腊青年，加上我一共五个人，在导游由于我们没有主动付小费只是解说了一遍便匆匆踏上归途之际，又来到了古代剧场的最高席位，还想再去看看舞台。谁知暮色降临，我们一行只得割爱，不得不离开美丽的狄安娜神庙，互相都感到非常遗憾。

暮色苍茫中，散乱的大理石似乎显得有些可怖。

它们一直抵抗着黑夜，直到最后。夜只能像油一般包裹着那华润的断面，不敢冒犯它们。它们于默默无言之中，抵抗过多少黑夜啊！

……归路，我稍稍伫立于宝物殿的暗夜里。此乃大理石的黑暗。夜色紧紧包裹着这片神域，但在这冷寂的四方形端正的空间里，也弥涨着静静的拒斥。自人间迷惘的中心如此方方正正截取下来的高贵的石头，虽然绝不足以消弭迷惘，但似乎暗示着神所嘱托的那种至今不灭的抗拒力。

阿波罗神庙背后，裸山峨峨，那是前面提到的巴依多利亚多斯断崖。我们回到宿舍，发现天空挂着弦月，感叹不已。

*

卡斯塔利亚饭店，既小巧又洁净。饭菜尤为合口，餐后甜点供给我最爱吃的酸奶。自纽约以来，久久未能吃到酸奶了。饭后，出外散步。路灯稀少，街道暗淡，来往行人看不清脸孔。因而，透过房屋空隙所看到的海港的灯火，显得格外明丽。

早晨，在逼仄的小阳台上吃早餐，有新鲜的蜂蜜，令我欣喜。

然而，这里的阳台景观，任何美食也是不好与之相比的。在普莱斯托斯，注入伊特亚湾的溪谷两侧，西有连绵的赤褐色的吉埃那峰，东有秀丽的吉尔菲斯山岭。熄灯后的伊特亚海港，海湾深部的小小房舍，灯火熠熠，和临近海口的拉拉库赛多斯海港遥遥相对。

晨雾朦胧之中，依稀望见伯罗奔尼撒海岸横卧眼前，背后是高高耸峙的帕伊哈依孔山峦。希腊众多的名胜之地，就分布在这片朝霭迷离的海面周围，比如科林斯、阿尔戈斯，还有西边的米索隆基。

公元前三七三年，德尔斐发生大地震和大海啸，致使德尔斐神庙毁灭。其震源就在视野之中。传说被捆缚于地下的海马再一次晃动肩膀，波塞冬揪住白浪的鬣毛，将那海马驱赶到德尔斐来了。

如今，风景里依然蕴含着废墟的静谧。昔日曾卸下伊尔大理石的海港，只不过是地方上偏僻的渔村。

群山的绿色，那不是鲜绿，而是干涸的苔藓之色。我听到鸡鸣。早晨的燕子在这片废墟上空，急匆匆往来交飞。

我应该将餐巾放在桌面上了，七时半出发的公共汽车已经鸣起警笛，催促前往雅典的乘客。

再访雅典

四月二十九日

雅典素描。

雅典街市区，虽说行人多商品也多，但总是蕴含着日本庙会那种闲雅的气氛。夜间的街衢很像巴西的城镇，站在路上说话的人很多，要想从他们中间经过是很不容易的。叫人像唤狗——“普西，普西”。初到里约，这种葡萄牙语给人一种奇异的感觉，谁知希腊也是如此。

走进电影院，不论什么电影，中间都有休息。并非像武打连续剧那样，在有悬念的地方突然断掉，而是在放完一半的地方休息。

这里的咖啡馆在盎格鲁－撒克逊国家早已绝迹，只有拉丁系国家才有。雅典市中心面临宪法广场的一家咖啡馆，将露天摆放的桌椅扩展到公路对面的广场上了。

晚间交通繁忙的公路，手捧堆满玻璃杯和酒瓶的银盘的侍者，从来往车辆的空隙之间穿来穿去，那种娴熟的样子简直就是一道奇妙而有趣的风景。

罗马

四月三十日至五月七日

五月一日，国际劳动节。事务所和商店尽皆关闭，街上不见一辆无轨电车、电车和出租车。为此，我从路德维希大街走到古罗马圆形剧场，花了四五十分钟。

圆形剧场的上空有很多燕子。记得从前参观大德寺茶室，曾经遭受一群蠛蠓的袭击，拼命挥动双臂，防止那些小东西闯进眼里。这里的燕子就像那时候的蠛蠓，所幸它们在高空里飞翔，这么大的躯体，不必担心会闯入眼睛。

圆形剧场未能使我感动。当然，将它看作艺术品是错误的，但假定它是一件艺术品，那么，它就具有主题过大的艺术品所持有的缺点，因为艺术本来就不存在什么“过大的主题”。

罗马的遗迹以圆形剧场为代表，不论是君士坦丁凯旋门，还是水道，都具有“过大”的缺点。歌德发现这种伟大之中市民精神的最初显露。他写道：“市民所追求的适合于自己的第二自然，正是他们的建筑。”

希腊的精神被误认为“壮大”的精神，事实并非如此。希腊人与其说热爱巨大而不完全，毋宁说更热爱小巧与完整的东西。过剩的精神性所创造的巨大的怪物，正为希腊人所不取。就连他们的国家也很狭小。罗马坐落于连及东方的世界版图之上，使得美索不达米亚文化以来一度失去的东方“壮大”的趣味得以复苏。但是，这种趣味几乎原封不动地为基督教所继承，并非没有原因。他们一定认为，罗马遗物所具有的过剩的质量，应该用过剩的精神——这种最合适的工具来填补。因此，直到今天，在旧教的总部罗马，不论什么都是庞大的。我尚未访问过梵蒂冈，看来在那里也会遇到庞大无比的东西吧。

乘势再次数落一下圆形剧场的缺点，以观察希腊遗迹的眼睛来看，这里的砖瓦和古代混凝土的颜色是很不好看的。同帕台农神庙苍白的美相比，真是天壤之别。

*

第二天，参观国立罗马美术馆，一扫初抵罗马那天的失望。那是因为看了尼多斯的维纳斯（最早的维纳斯雕像）的缘故。这尊公元前四世纪的复制品，虽然失去了头以及左右臂的前肘，但她的美丽不能不使观者神情恍惚。那优雅的姿态，清冽的泉水般的衣褶，似乎就要流淌下来。右乳露出来了，伸出的左膝透过罗纱也几乎显现出来。乳房和膝头互相照应，更加强化了呈弓形的全身的流动感。宛若光滑的两块岩石，堵塞了过于华丽的流动感。

至于衣褶，舞女像 (Giovane danzatrice) 的襞褶极为自然、华美。其腋下衣纹的纯正，令人吃惊。

真正唤起人们心灵的感动，使人一看就不忍离去的，当数希腊古典时期的雕刻。

尼俄伯[1]女儿完整的美，痛苦的静谧。魔女塞壬。斯比阿科青年雕像，一说是尼俄伯的儿子，一说是被巨鹰攫走的伽倪墨得斯。美丽的赫尔墨斯。这些都是公元前四五世纪创作的。除了上述四件，我再添加一件掷铁饼者的胴体雕像。一共选择了最能打动我心灵的五件作品。我在尼多斯的维纳斯和尼俄伯的女儿面前，感动之余脊背泛起一阵阵战栗。

不用说，著名的路德维希的赫拉，普拉克西特列斯的《巴克斯与萨提儿》，忧心忡忡的《休憩中的玛尔斯》，阿芙洛狄忒诞生的浮雕，等等，也都十分美丽。但是，想必人在一日之内的感动有其限度，看

---

1 希腊神话中坦塔罗斯之女，同忒拜王结婚后，生下七男七女。后因遭嫉妒，子女全部被害。

到这些艺术品的瞬间，我的心彻底麻木了。

公元前二百九十年后的希腊时代的逸品《沉睡的阿里阿德涅》，使我想到我不是个诗人是多么可悲。能够取代这尊完美小品（虽说出于偶然，头部的断片寄予小品以完美）的，只能是极短的音乐，极完美的诗篇。能够创造出这样作品的，恐怕只有德彪西和马拉美吧。米诺斯的女儿阿里阿德涅，爱上了前来克里特岛的英雄忒修斯，带他走出迷宫，从而获得他的信赖。阿里阿德涅做了忒修斯的妻子之后，在返回雅典的途中，又被狄俄尼索斯所爱恋，想不到忒修斯一行，抛下熟睡的妻子，离开了纳克索斯岛。这位年轻的妻子紧闭的眼睛，丝毫没有死的不吉祥的影子，昏睡中保持着深沉而平静的呼吸。

*

小时候，每天下午三时就有各种点心吃。我有个癖好，为了使最喜欢的点心的余香永留口中，我总是将这种点心放到最后才吃。我之所以直到第三天的今日依然没去梵蒂冈美术馆，就是基于这个理由。

今天我看了博尔盖塞美术馆。从我下榻的埃顿饭店步行，要不了十分钟。博尔盖塞的珍品被转移到卢浮宫和其他地方，剩下的名作为数甚少。尽管如此，提香的《神圣的爱和世俗的爱》，只有到这里才能看到。

巴黎也是一样。不过，宫殿这种建筑颇令人咋舌。博尔盖塞宫充满了最坏意义上的罗马情趣。就像佩特罗尼乌斯的大作《萨提利孔》[1]。犹如拼盘，更像大杂烩。某一展室，就是以奇妙的埃及情趣装饰的。

在这样的背景中，特别引人注目的作品是两三件风格异样的绘画。从这种意义上说，雅各布·祖奇的《海之宝藏》和《丘比特与普绪喀》；卢卡斯·克拉纳赫的充满德意志妖怪味的《维纳斯和手持蜂巢的丘比特》等，都很优美。其中，祖奇的《海之宝藏》（十六世纪），有些地方使人想起古斯塔夫·莫罗的笔墨。前景中，众多裸妇手捧珍珠、珊瑚，背后是明

1　中译名为《爱情神话》，被费里尼改编成电影。

丽的海水。无数男女游泳者，正在从海里打捞各种闪光的宝物。《丘比特与普绪喀》画的是，受好奇心驱使的普绪喀打破禁忌，举烛窥探正在熟睡的丘比特。作者为了使作品带有近东风格的浪漫色彩，在熟睡的丘比特的身边画了一只哈巴狗。

这里的拉斐尔和鲁本斯不足以使我感动。就拉斐尔而言，《抱独角兽的女子》比不上那幅胖胖的中年修士肖像；鲁本斯呢，较之《哀悼基督》，《苏珊娜》更好些。多索·多西的《魔女》，格外美丽。

博尔盖塞宫深深吸引我的绘画，首先是提香的《神圣的爱和世俗的爱》，其次是委罗内塞的《圣安东尼奥对鱼说》。

委罗内塞的这幅画，半个画面覆盖着浩渺而神秘的绿色大海。构图开阔，以圣人为首的众多人物聚集在右边，也就是右下半部。圣人指着鱼的指尖，逐渐接近画面的中央。圣人胸前佩戴的白花随海风摇曳，发挥了可喜的抒情效果。

同威尼斯画派众多绘画相同，提香的绘画，其背景的细致部分是当世最优美的。左边是夕阳映照的城堡，还有急急忙忙登上坡道的两三位骑马人。左下方幽暗的森林里画着两只可爱的兔子，但最美丽的是右方的背景。

港湾的残照，空中或蓝或黄的灿烂的晚霞，前方漂流的晦暗的薄暮，猎犬追赶的兔子以及两位骑马的人，还有那骑马人身上两件火红的上衣……所有的景物上，都笼罩着夕暮的巨大阴影……此外，我要特别提请读者注意的，那就是仿制品中绝不可能出现的景物，即前景中那位裸妇脚边闪光的东西——恋恋不舍、款款飞行的一对蛱蝶。

横长的画面，十分贴合这幅画颇具寓意的主题。两人相对峙的激情的象征，例如阿伯拉尔和爱洛依丝的求爱的信和求道的信，两者之间存在的对峙的象征，因为他俩不能像情侣那样亲亲热热坐在一起。肉体与精神，诱惑与拒绝，这个瓦格纳式的永恒的主题，是多么明朗，多么毫无阴翳的描摹啊！

*

夜晚，我去观赏威尔第的歌剧《弄臣》，这个巴尔扎克式的故事（不过很遗憾，原作者是雨果），显示了和甘美明朗的音乐奇妙的调和。驼背老人对独生女近似恋爱的痴迷的情爱，那失望，那愤怒，那复仇，那宽广而好色的统治者轻浮游移的爱的冒险，那自由，那毫无伪装的情念……终场时，利哥莱托走到以为装着公爵尸体的袋子跟前，这时，他忽然听到公爵快乐的歌声“女人啊爱变卦，像羽毛风中飘”，实在美妙无比。这里，公爵无意识的恶行，始终通过国王欢快而怡悦的歌声表现出来，借以暗示公爵绝不会受到处罚。

*

比起乐器，人的嗓音更能打动我。比起抽象的美，模拟人体形象的美，更能使我感到强烈的震动。我不得不固守这一素朴的感性。在我心中，深深根植于对自然美的感性，从雕像和优美的歌声中所受到的感动，始终同这种感性相呼应。对于我来说，唯有那种梦幻与象征，并分析由此而产生的准确的判定，才得以发现自然的美，才能使我感动。细思之，所谓人的作品就是“肉眼可视”的自然。

一旦接触希腊雕刻的佳作，此种感觉越发深沉。

*

我并非对十九世纪英国美术文学家佩特和罗斯金的评论附骥尾，而是认真描述我对自己所见到的美术品的印象。但是，古代的作品、文艺复兴时期的作品中，拉辛曾以《拉奥孔》为例，论证空间艺术和时间艺术形态的差别。超越那种严密的差别，仍有使我们文学家说不完的话题。绘画方面，直至十九世纪中叶的浪漫主义时代，亦未能同文学彻底分道扬镳。众所周知，绘画同文学诀别，发展到纯粹的绘画，是印象主义出现以后的事。因而，作为文学家，对于印象主义，我想保持一份滑稽的丈夫般的威严——绝不追念随便离家出走的老婆的威严。眼下，我在巴黎听到一种说法，最近由于安德烈·莫洛亚[1]等人的暗中鼓动，那种小浪漫派 (petit romantique) 热又逐渐升温，早已被遗忘的夏塞里奥就是其中之一。

*

今天，我想构思一出关于安提诺斯的小戏，舞台设在尼罗河畔的安提诺斯神庙。登场人物是老年的哈德良皇帝和其他重臣以及几位巫女，此外还有安提诺斯的魂灵。写成之后，我的《近代能乐集》，又会增添一篇毛色略显怪异的作品。[2]

---

1 安德烈·莫洛亚（André Maurois，1885—1967），法国传记作家、小说家。

2 以下是归国后匆匆写成的尚未完稿的诗剧《安提诺斯》(《鹫之座》)的草稿。（作者注）

鹫之座

——收入《近代能乐集》之中

地点

埃及尼罗河岸安提诺斯神庙

时间

公元一三五年（罗马皇帝哈德良治世。晚年的皇帝未访埃及，作者罔顾史实，让年迈的哈德良再度访问了埃及。）

人物

年迈的哈德良皇帝（六十岁）。十三年前去世的安提诺斯。大臣。五位女祭司。

开幕前，随着琴声，合唱队“啊啊”地唱着，发出低沉而忧郁的叹息。右首是一根科林斯式圆柱和大理石宝座，左首是两根圆柱和两三级台阶。舞台深处可以窥见尼罗河。夜晚，五个女祭司聚集在台阶上，或坐或立。大臣（其实就是执行官）从左首上。琴声依然鸣响。

大臣 我是罗马皇帝哈德良陛下的大臣。为了护卫长途跋涉的年迈的陛下，不远千里来到埃及尼罗河畔。这次是上回发生那桩意外事件的巡幸以来，相隔十三年后的第二次巡幸。支撑着大罗马帝国的当今的赫拉克勒斯，怎能忘记溺死了美丽的许拉斯的土地？[1]政事不可废，爱恋亦难舍。我一直伺候左右，深知陛下心中不可遏抑的两种力量。这两种力量，撕裂了陛下的心。那远在千里之外的罗马百姓们啊，请不要以为这次远行徒费国帑而无一收获，倘若陛下能于此地沉浸在不绝的哀痛之中，归国后也会泽被广大臣民，恩及四方。罗马功勋卓著的

1 许拉斯为赫拉克勒斯的养子兼情人，后被水中仙子淹死。

士兵们啊，请不要责备陛下太软弱。因为以往以战神玛尔斯的姿态，威风凛凛站在你们面前的陛下，如今心中越发隐藏着深切的悲哀。（面对五位女祭司）在这座安提诺斯神庙安静度日的女祭司们啊，请体谅一下陛下的心情，在巡幸期间更加虔诚地侍奉神灵吧。

五位女祭司 （合唱）谨奉教诲，大臣阁下。

大臣 （走近女祭司，立定于台阶上）好，谢谢你们。

女祭司之一 请给我们讲讲长途旅行的见闻吧。

大臣 虽说是在王土之内，一路上心情并不平静。途中几乎全是乘船。先沿着西西里一侧而下，再转而向东，陛下一直望着东方埃及的天空。

五位女祭司 （合唱）那里正是安提诺斯……

大臣 留下悲切回忆的地方。

五位女祭司 （合唱）当船帆在轻轻海风中低垂下来。

大臣 陛下显然有些焦躁不安。

五位女祭司　（合唱）当海风涨满船帆，海潮推着船儿前进。

大臣　陛下的唇边露出笑容。对了，对于我们扈从们来说，船行的快慢，也使我们忽忧忽喜。为什么呢？因为那时犹如驳船的众多船桨，随着第一支船桨而动，我们的心也随着陛下的心而动，诅咒那船帆忽瘪忽涨。

五位女祭司　（合唱）当来到埃及黄色的河岸，在尼罗河入海口露出了河马的脊背，遥望那三角洲的时候……

大臣　我们齐声欢呼，船员们也一同唱起歌。晨雾消散，天空响晴。我们看见三角洲上渔夫的身影。陛下下令将众多镌刻着安提诺斯雕像的罗马金币，从船上投给那些渔夫。我们大家都遵旨执行了。

五位女祭司　（合唱）当时陛下的心想必是忽忧忽喜。

大臣　啊，倘若这条河是流过冥府的遗忘河。

女祭司之一　不行，那是冥府的黑暗。

女祭司之二　这是流淌在地上的光明之中。

女祭司之三　那也是流淌在烈日下的河啊。

大臣　可不是嘛，那酷烈的太阳总是使我们肌肤染上丧服的黝黑。

女祭司之四　这是光明不灭的丧服。

女祭司之五　太阳的丧服将使悲哀不朽。

女祭司之一　诸位，请安静。陛下就要到这里来了。

安提诺斯[1]

罗马帝国哈德良皇帝，在图拉真皇帝驾崩之后，受军队拥戴而即帝位，治世期间乃为公元一一七年至一三八年驾崩。

据吉本[2]所说，当时的罗马帝国，“包括地球上最善美的地方和人类中最开化的地方”，“罗马元老院

1　以下是诗剧《安提诺斯》(《鹫之座》) 受挫之后，打算创作同题材短篇小说，依然未能完成。这是当时的草稿。(作者注)

2　爱德华·吉本 (Edward Gibbon，1737—1794)，英国历史学家，研究罗马史，著有《罗马帝国衰亡史》等。

表面上保有统治权，政治上的执行权悉数委让于皇帝”。

哈德良乃文治之帝。他苛酷制压贵族反叛之心，一味致力于民治。这位希腊文化的复兴者，既是艺术家的良友，又费尽终生巡幸广大地域，几乎没有哈德良龙辇未至之地。虽说龙辇亦不妥当，时有徒步脱帽，或雪中，或埃及北部酷热沙漠之旅。高卢，还有那日耳曼之土地、不列颠、西班牙、毛里塔尼亚、埃及、小亚细亚，以及希腊等地方，都印有这位皇帝的足迹。

哈德良皇帝虽然是图拉真征服主义的稳健的修正者，但他也深知，要维护罗马的和平只能依靠军队的威力。他重新组织众多骑兵队，经常亲自训练新兵。有时还同新兵比武，一争力量与技术之优劣。

如果说哈德良皇帝也有癖习，那就是对古代希腊终生不渝的热烈憧憬。这位皇帝在雅典城开辟新市场，在市民广场北侧建立图书馆，继续完成自公元前六世纪以来未能竣工的宙斯神庙，在罗马建立了万神庙和维纳斯神庙。又在小亚细亚另外建立了一座宙斯神庙。

他的古典主义之中，夹杂着符合其庞大版图的折中主义。皇帝的称号 Pater Patrice(国父)，就是这种人文主义的体现。埃及古美术中之佼佼者，和希腊古典时代最美的美术品一样，使他迷醉。这位皇帝下令让小亚细亚的雕塑家们从事复制古代雕刻的工作。不过，自那时开始，他们不再复制阿波罗、墨丘利和玛尔斯，一律投身于某一新神雕像的制作。皇帝要求那位新神体态丰满，以少年姿态出现，美丽的青春容貌之中，必须带有忧愁与死影。不知为何，这位神成了异教世界最后的神，于同这一体系迥然相异的希伯来神诞生之前，代表了旧体系诸神的灭亡。

*

今天，我访问了梵蒂冈，我为安提诺斯两尊美丽的雕像着迷。一尊是胸像，另一尊是埃及古代装束的全身像 (另有一尊著名的贝尔贝德莱的安提诺斯，其姿态与表情显然不是安提诺斯，而是赫尔墨斯)。

我虽然也看了各类展室的名画，但心里始终不忘安提诺斯。因此，总的来说，参观梵蒂冈以收获甚少而终结。

这位年轻的比提尼亚人，在极短的生涯中，由奴隶上升为神祇，既不是凭借智力，亦非凭借才能，只因有一副无与伦比的美貌。他没有让这种易变的美受到损害，而是因不知是自杀还是过失这一难解的动机，溺死于尼罗河。针对哈德良皇帝一味固执地追究他的死因，我要借已死的安提诺斯之口，一次次回答他："不知道！"借此使他明白一个简单的道理：我们既无生之道理，又何必寻求死之缘由？

有一种说法说他的死是厌世自杀。想到此，我不能不以一个医生的热情来推想：我眼前的雕像是那样年轻，那样完整，那样香醇，那样健康。这副肉体处处隐含着的难以表述的阴郁思想，究竟是如何进入他肌体的呢？或许那少年的容貌和肉体像阳光一样辉煌，因此那浓重的阴影才会跟踪而至吧。

*

虽然不得已走了些弯路，犹如闯入陌生的大森林，没有带向导，遍访梵蒂冈所有房间的每个角落。这是一个充满期待的愉快时期。例如，就像波吉亚寓所一样，每个房间都通过狭窄的暗门相连接，本以为这个房间已是最后，不料内里又敞开着幽暗而豪华的大房间。

我首先进入绘画馆，接触了提香的《圣母玛利亚》。关于他，既然有歌德那篇感动与赞美的文字，我就不再饶舌了。在绘画馆，我最喜欢的是这幅绘画和美洛佐·达·弗利的三幅奏乐天使壁画。此外还有鲜为人知的两三幅秀作，奥拉齐奥·真蒂莱斯基的《犹滴》和保罗·特洛盖伊的《基督受洗》，都很美丽。

安提诺斯的胸像，置于雕塑馆入口处模仿万神殿而建立的圆形沙龙之中。身着埃及服饰的立像，位于一间神秘的埃及展室里。这间埃及展室装饰之粗俗，令人难以想象。天花板上画着深蓝的夜空嵌满金色的星辰，中央的装饰灯是东京咖啡馆常见的那种时髦的间接照明灯。

欣赏了《拉奥孔》《望楼的阿波罗》，以及《望楼的躯干雕像》和《揩身的运动员》，我心中充满了确实的幸福感。公元前五世纪希腊运动员的浮雕极其美丽。堪称大理石动物园的雕刻室，将我们引到古代人们狩猎的欢乐之中。歌德曾说，鉴赏雕塑，必须有火把照明。这里可以看到一个极好的例证。卡诺瓦的《珀耳修斯》左前方，有一尊运动员像，天花板天窗内过午的炎阳，直接倾泻到雕像的头上，使得阴影的效果带有雄浑的力量，筋肉霍然跃动起来。与此相比，另一尊承受着微弱散光的运动员雕塑，则黯然无力，一副早已预示着失败的样子。

*

在格列高利伊特鲁里亚博物馆，在美丽的罗马壁画《佩琉斯与忒提斯的花烛》旁侧，看到了一件小巧优美的小幅绘画，那是与牛同行的帕吉法耶。这是一幅简明朴素、极为精细的素描。

回廊内随处布满地图和小幅天顶画。首先是漫长的回廊令人惊讶。我在波吉亚寓所的入口迷了路，再次经过这道回廊。之后，看罢西斯廷教堂米开朗琪罗的《创世记》和波吉亚家族古老壁画中的精品，穿过有着被孩子们包围的尼罗河神的翼楼，又回到埃及室的安提诺斯面前。

*

第二天，我起了个早，赶在午饭前看完了三座美术馆和万神庙。东京那些知道我平时爱睡懒觉的朋友，要是听到这一消息，肯定会惊讶得瞪大双眼。而且，这种急行军并不是受到谁的强迫，假若这日程是由别人硬性地安排，我早就消极怠工了。

所谓三座美术馆，指的是保守宫美术馆、卡比托利欧美术馆和威尼斯宫美术馆。

今日，我依然陶醉于怡悦之中，想起我在希腊和罗马的两周时间，那种源源不绝的恍惚的幸福感，恐怕一生中再也不会有第二次了。我和普通人一样，虽然能够感受到官能的欢悦，深知工作结束后那种无上的安然欣喜，但从未持续到两天以后。而在希腊和罗马，为了使得这种大半预想到的幸福感不受他人热情的搅扰，我千方百计躲避交际的机会，已经有两周，一日三餐都是独自一人坐在桌边。过去，我一直享受着家庭生活的温暖，而这次旅行是从未有过的体验。而这两个星期，我不曾有过孤独的感觉，哪怕一刹那。我再次回忆起普鲁斯特一篇充满智慧的小说，记述一位喜欢交际的青年，一天晚上请人吃饭，独自守在桌前待客，但客人久久不至。这时，一位陌生人前来就座。青年追问他，那人毫不客气地回答："我从来未受到过您的邀请，我有权受到您的款待。"当青年问他叫什么名字时，那位不速之客颇为难过地说："您竟然不认识我吗？真可笑，我的名字就是'您自己'啊！"

*

在保守宫，我有幸看到圭多·雷尼的《圣塞巴斯蒂安》。(从前我在热那亚，曾经看过这件作品的复制品，那是在照片上难得一见的，我尤其喜欢。即使看照相版，这两者之间还是有微妙的差别。)鲁本斯、委罗内塞和法国普桑的作品，都使我感动。

圭多的《圣塞巴斯蒂安》近旁，悬着折中派先师卡拉奇的《圣塞巴斯蒂安》，因而更加凸显了作为弟子的圭多耽美的个性。他的画风在某一时代竟被置于拉斐尔之上。虽然现在并未因名气不如前而致使作品受到贬低，但塞巴斯蒂安像在大理石般的裸体之上，全然没有描绘出流血的影像，大大强化了作品古典的美感。

卡拉奇的某些作品非常优秀，但罗马美术馆内随处可见的加罗法洛却使我无言以对。那些特别庞大的作品都是他的。鲸鱼的缺点在于过大。

普桑的《俄耳甫斯》真是太美了，那森林的光线多么微妙！看来，明显是华托的祖师。

在这里，委罗内塞也使我感叹不已。保存于威尼斯的《欧洲之劫》的复制品，两幅草稿《和平》和《希望女神》，以及《圣母与圣安娜》都使我不忍辄去。

《圣母与圣安娜》不像提香那般清澄，也没有鲁本斯的明朗，但黯淡的天空，深绿，日本西阵织般的圣母的衣衫……所有这些之上，都飘荡着神秘的午后倦怠，画中的人物仿佛对他们自身的神圣已经厌倦了。

鲁本斯的《罗慕路斯与雷穆斯》极为美丽。假若硬是叫我在这座美术馆里挑一幅秀作，我将毫不踌躇地选择这一幅。两个幼儿站在晦暗的树林和褐毛狼前边，犹如两枝玫瑰灿然生辉。

*

这里的雕刻，只有那尊《拔刺的少年》较好。少年低头专注于脚底的刺，那副热心的表情里，准确地捕捉到人处于此种状态下的孤独感。我们感到，作者仿佛是在少年毫无觉察的状态下，偷偷窥见了其专心致志的瞬间。

从某个位置看，右下肢、左下肢、右腕、胴体左侧的线条等，正好都呈十字形。足底位于十字的中心，那里扎进一根几乎看不见的小小棘刺，正是这幅作品的主题。对于主题这么巧妙地处理，仿佛在阅读优秀的短篇小说，将主题凝练，处理得如此简洁鲜明。写作这样的短篇，正是我们热切希望而又无法实现的夙愿。

*

在卡比托利欧美术馆，刚进门就看到一件有趣的作品，那就是埃及的金色甲虫浮雕。这只甲虫看似拟人化，其实不然，是相当忠实的写生。埃及人按照自己心目中所塑造的神圣目标，颇有意味地把它形象化了。

希腊浮雕《珀耳修斯解救安德罗墨达》，是极为优雅的小型作品。请看安德罗墨达衣服的襞褶，荡漾着多么欢快的波纹啊！

比起毫无疑问的杰作《垂死的高卢人》，我更喜爱那尊战士雕像 (Combattente)。他身处颓势，一边的膝盖和一只手触地，腾出右手执剑护身。高卢人虽然充满那尊现代杰作中所具有的对死的不安和苦恼，但战士雕像却表现出生命的危机并不足以搅扰其静谧，正如某种舞蹈瞬间优美的姿态，以外表的形体对我们倾诉衷肠。其他看不厌的美丽的雕像，还有《卡比托利欧的维纳斯》和《丘比特与普绪喀》。

*

威尼斯宫美术馆的几个展室空荡荡，可看的东西很少，但乔凡尼·贝利尼的小巧而可爱的肖像画，以及菲利波·利比的作品，还有尼古拉·德·巴尔巴里的《基督与被抓住通奸的女子》美丽的色彩，多纳托·克雷蒂和朱塞佩·马里亚·克雷斯皮优雅的作品，很使我感动。此外，使我感动的还有莱利奥·奥尔西的《哀悼基督》。

那笔触使我想起德拉克洛瓦，构图极其紧凑，且充满热情。这座美术馆那些小巧而可爱的绘画，即使被盗也不容易察觉，比如普罗卡奇尼的《降龙》等小幅绘画，就引得我跃跃欲试。

*

今天，为了向安提诺斯告别，再次访问梵蒂冈。至今，每进入那座圆形大厅，总是看那尊胸像，对旁边的巨大立像不予注意。其原因，一是被胸像所吸引；二是立像过于神格化，缺少胸像和埃及那种生动感，作为人的特征不够明显。

在帕莱斯特里纳发现的这尊立像，是装扮成巴克斯的安提诺斯。但表情与姿态不像巴克斯那般豁达和飘逸，微微倾斜的脖颈，仿佛俯首静思，预感到不祥的命运。

安提诺斯的雕像，必然隐含着一种青春的忧郁。眉宇间总是笼罩着不祥的暗影。那不仅是根据那些传说移入的我们自身的感情，而且这些作品即便制作于安提诺斯生前，优秀的艺术家们又怎能没有预感到创作对象的命运呢？

现在，我能理解守旧的老人不愿照相的心情了。他们生前可以制作优雅的雕像，这样一来，他的某些东西就会终结于那个时点上。他们死后所制作的优秀雕像，将自己的人生寄托于此，移居其上，从而接受永远的束缚。我们的苦恼必然为时间所解决，当时间解决不了时，死就会为我们解决。希腊人所具有的就是这种现世的虚无主义。希腊人对于生抱着极端的恐惧而雕刻那些苍白的石头，用那苍白的大理石制作众多的雕像，并借此将他们自己从生的可怕的痛苦中解放出来。或者从他们的语言中，雕刻出具有严格法则的诗剧，借此摆脱人们潜在的苦恼和忧愁。这就是希腊戏剧。这些皆可看作利用时间和死解决痛苦的仿制。雕刻是将一瞬间的姿态定格于永恒的时间之中；而悲剧则是将那种钝刀杀人般漫长人生的时间性解脱，压缩在短短的二十四小时之内。

希腊人所考虑的，并非精神的救济。正如他们的雕像仿制自然的各种力量那样，他们的救济也是仿制自然的机构，并将此命名为“命运”。然而，这种救济和解放，犹如基督教为弥补缺陷而取代其地位一样，我们也只不过是由生到生、从生的深渊中被救入光明的外面罢了。生反复无尽，我们死后也不能自我终止其生。我们从众多的希腊雕刻群中看到，因解放而受束缚，因自由而固守命运，被生的无尽的羁绊所捆绑。

雕像被制作出来，同时意味着某种东西的终结。是的，某种东西确实终止了。那一刻，就是我们人生终末的时刻。如果说死只不过是单纯的一点，那么，我们也可以使死期即刻出现于眼前。那暂时终结的东西，又会从别的一点重新开始。希腊雕刻的意图就在于此。这种对于永恒的“生”的持续模仿，创造出为数众多的优秀作品。

在生的浩渺的海洋中，那些洋溢着不可遏抑的充沛生命力的年轻人，时常被当作雕像的对象。希腊人借助这些自以为不朽之作，暗示着其中所潜藏的悲剧的理念。安提诺斯是未曾受到基督教洗礼的希腊最后的一枝花朵，是预言罗马走向衰亡之日的希腊最后的一抹残阳。如今，我再度站立在美丽的安提诺斯面前，自然而然地想起尼采所说的那种“强者的悲观主义”“富饶产生的最大苦恼”，以及直接来自充溢的生命的希腊厌世主义。

最善者但求不生，次善者即刻赴死。

弥达斯王从森林之神萨提尔那里听来的这句话，如今又在我的耳畔响起。安提诺斯的忧郁并非属于他一人，他代表已经消泯的古代希腊的厌世观。

我又来到埃及展室的立像前伫立片刻，为了使这三尊安提诺斯雕像留驻心中，免除其他一切干扰，匆匆离开梵蒂冈。

今天，我将返回日本。再见吧，安提诺斯。我们的身姿被精神腐蚀，已经老迈，比不上你那绝美的体态。但是，安提诺斯啊，我要极力使自己作品的形态，尽量接近你的形态所酿造的无与伦比的诗章，哪怕一分一毫也好。

一九五二年五月七日于罗马

旅思

回到日本两个月了，我对旅行回忆之类的约稿已经厌倦。同出发前一样，过去那一套再度缠绕我的周围，不知不觉之间，旅行的回忆似乎渐渐结晶了。

我不好说旅行为我附加了什么，反倒觉得我被夺去了某些东西，有时又仿佛获得了一些治愈。我又想起出发前应邀时所说的话语："带的钱不够多，浪费金钱的事我不干。然而，我打算滥用我的感受，打算磨损我的感受。"

十天之后，我再也懒得去任何地方。我所记述的我在各地访问的新鲜感动，都是十天之内的事。十天过后，我的周围又产生了一种环境。为了熟悉这种环境，比起刚刚踏上这块土地时，我必须付出数百倍的不适和决心。于是，我认识到我自身的环境就是日本及其风土，这是我的宿命。我由此重新振作起来。我的环境，就是我的决心。

今天是七月一日，真正的第一个夏日。晨起梅雨初降，届午乃止。B 寄来了航空信简。从楼上的书斋向下俯瞰，庭院碧绿满眼，石竹、立葵、玫瑰、波斯菊、扶郎花和大丽花等，争妍斗艳，美不胜收。

午后，工作倦了，我睡了短短的午觉。醒来后，打开毛玻璃门，上端染上两三片蔷薇色的夕云。巨型客机飞过，传来一阵沉闷的轰鸣。那无疑是太平洋阿拉斯加航空公司的王牌飞机。

……突然，我被旅情所袭。旅情不单单产生于旅途之中，像这样也会产生于旅行结束之后。我想起科帕卡巴纳海岸的落日，也想起纽约B美好的友谊。

仔细一看，夕云上部的色彩已经褪去，白色的部分也接近灰白了。

因为去南方旅行，渐渐来临的日本的夏天，对于我就是今年第二个夏天。我还想看看大海。两周之内，我将把工作地点转移到海边的旅馆。

译后记

《阿波罗之杯》是三岛由纪夫的一部结集旅行记，一九五二年十月由朝日新闻社初版发行。此书问世的前一年，即一九五一年，作者照例整年埋头于《母狗》《绫鼓》《禁色》《伟大的姐妹》《椅子》《箱根工艺》《远游会》《鲜花盛开的森林》等众多长短篇小说、戏剧和评论，临近岁暮，遂由案牍劳形中摆脱出来，做了一次欧美文化之旅。十二月二十五日由横滨乘船出海，途经北美、南美巴西、巴黎、伦敦、希腊以及罗马，长达半年之久，环绕半个地球，于第二年五月回归日本。

一九五一年的世界，朝鲜战争正在进行中，日本脱离美国占领状态不久，两国国民意识尚未彻底换位，既对立又融合。这种情绪，由第一篇《航海日记》

可见一斑。如今，往昔的纪行文字，经受久远岁月的淘洗，深深烙上时代的印记，储满历史的沧桑，我们今天读起来，犹如欣赏一件古董。古董是时代的产物，《阿波罗之杯》就是作者三岛由纪夫为我们留下的一件文化古董。

一如小说和戏剧，三岛的游记不同于一般的游记，不在于过程而在于思想。当初走向世界的三岛，还是个二十五六岁的青年，“秀才”“鬼才”，只有睿智，不见钝感。清隽的笔致，灵敏的触角。走一程，看一程。写一路，思一路。《阿波罗之杯》是游记，是艺术的巡礼，是文化的盛宴，是敬献太阳神阿波罗的一杯玉液琼浆。

如果将《阿波罗之杯》当作戏剧，高潮便在希腊，在雅典。作者一到那里，就掩饰不住满心的喜悦，兴奋地写道：

> 希腊是我眷恋的地方。
>
> ……
>
> 如今，我就在希腊。我陶醉于无上的幸福

之中……

……

我放任自己的笔自由欢跳。我今日终于看到了雅典卫城！看到了帕台农！看到了宙斯神庙！

……

今天我又沉醉于无尽的酩酊。我仿佛受到了酒神的诱惑……

……

今日又是绝妙的蓝天。绝妙的风。热烈的光线……

这就是刚刚踏向世界的三岛高扬的青春之光，炽热的思想火花。三岛一旦接触希腊文明，就陶醉其中，奉为生命之源，终生追求，锲而不舍。从某种意义上说，三岛文学的精神支柱，就是希腊文明。

翻译三岛游记同翻译他的小说和戏剧一样，随时体味着捃摭不尽的诗情，心灵撞击的快感。

陈德文

二〇一七年二月三日立春之夕

在这火炽的阳光下，

一想起那种不断的跃动和静止，不断的破坏和保存，

运动员筋肉般的泛神论的均衡，

就使我感到幸福。

图书在版编目（CIP）数据

阿波罗之杯 /（日）三岛由纪夫著；陈德文译 . 一沈阳：辽宁人民出版社；桂林：广西师范大学出版社，2021.3（2025.3 重印）
ISBN 978-7-205-10061-2

Ⅰ . ①阿… Ⅱ . ①三… ②陈… Ⅲ . ①散文集－日本－现代 Ⅳ . ① I313.65

中国版本图书馆 CIP 数据核字（2020）第 254200 号

出版发行：辽宁人民出版社
地址：沈阳市和平区十一纬路 25 号 邮编：110003
电话：024-23284321（邮 购） 024-23284324（发行部）
传真：024-23284191（发行部） 024-23284304（办公室）
http://www.lnpph.com.cn
印 刷：河北鑫玉鸿程印刷有限公司
幅面尺寸：105mm × 148mm
印 张：3.125
字 数：65 千字
出版时间：2021 年 3 月第 1 版
印刷时间：2025 年 3 月第 6 次印刷
责任编辑：盖新亮
特约编辑：徐 露 任建辉
装帧设计：COMPUS · 汐和
责任校对：冯 莹
书 号：ISBN 978-7-205-10061-2

定 价：28.00 元